母讃歌

かあさんのうた

道友社編

天理教道友社

母讃歌《かあさんのうた》

目次

母のぬくもり編

母の重み編

装丁——森本　誠

母のぬくもり編

できもんくさり

大鋸《おおが》房子《ふさこ》
前教会長
80歳・愛知県

私は四、五歳のころより、頭にいっぱいの胎毒《たいどく》ができていた。冬はまだしも、春ともなれば異臭が漂い、膿《うみ》でおおわれた皮膚《ひふ》はむずがゆく、頭はまるでヘルメットを終日かぶっているような不快感であった。

遊びが一日の大半を占める年ごろだが、友達は誘ってくれなかった。

「できもんくさり」。それが私の呼び名だった。

夏ともなれば、頭皮から発する異臭に、幼心は沈むばかりであった。そんな子を抱えつつ、母は少しも意に介さず、毎日毎日おたすけに歩いた。小さな手提《さ》げ袋には、御供《ごく》、お息《いき》の紙、ちり紙、ハンカチのほかは何も入っていなかった。その袋を、私たち兄弟は「おたすけ袋」と呼んでいた。

母は夕方になると、いつも土ぼこりにまみれて帰ってきた。その手には、ある時はヨモギが、ある時はドクダミ、オオバコなどの野草が握られていた。また、通りすがりの家で庭の手入れをしておられたからと、ナンテン、檜葉《ひば》、クスノキの小枝、田植え時には畦道《あぜみち》に捨てられた糯《もち》苗《なえ》の残りなど、飽くこともなく拾いつづけた。

天気のよい日には、これらを天日に干した。干しあがったものを大きな三升釜《さんしょうがま》に入れ、ぐつぐつ煮出すと、やがて釜の中身は真っ黒な汁《しる》となり、異臭が漂った。

その煎《せん》じ汁が人肌《ひとはだ》ほどに冷めると、母は私を呼ぶ。洗面器に移された汁に頭をつけると、母はやおら、

「なむ天理王命《てんりおうのみこと》、なむ天理王命」

と神名を唱えつつ、手拭《てぬぐ》いでひたひたとたたくようにしながら静かに浸《ひた》してくれた。

膿の塊《かたまり》が落ちてゆく。患部にやんわりと染み込んだ黒い煎じ汁は、日ごろのかゆみを忘れさせてくれ、さわやかさが心の底からこみ上げてくる。

一時そんな気分に浸っていると、また、静かな「なむ天理王命、なむ天理王命」の声。母の

神名を唱える声を聞くと、幼心に安らぎが広がった。そして、神様にもたれきる母の思いが伝わってきた。

薬一服求めることもなく、医者の手に託《たく》すこともなく、就学前には全治させていただいた。ただ一カ所だけ、どうしても治らない個所があった。母は私に、

「成人して自分の心のさんげができるようになったとき、必ずご守護いただける」

と断言した。その後、昔の思い出話として振り返ることができるほど、ご守護いただいたと同時に、「病のもとは心から」といわれる教えの基本を、しっかりと心に刻むことができた。

皮膚病の頭を浸してくれた煎じ汁のことを、母は「九品のお湯」と言っていた。いずれも現在、漢方薬として重宝されているものだが、そこには次のような信仰的な意味が込められているという。

糯苗　　　　慈悲深い、情深い。

セキショウ　八つのほこりを取り、神様のお心に添う。

檜葉　　　　嘘《うそ》を言わない心定め。

オオバコ　　踏まれても芽を出す堪忍辛抱《かんにんしんぼう》。人の通る道以上に人をたすける心。

ナンテン　　気品、上品、渇《かつ》しても盗泉《とうせん》を呑《の》まず。毒消しとなる。

クスノキ　大木となり香りよし。化石となる。人の誠は末代朽《まつだいく》ちることなし。
ドクダミ　重ねて良いことをさせてもらう。
ヨモギ　青草は団子《だんご》、枯れ草は灸《きゅう》のもぐさ、人を戒《いまし》めるもの。

当時、私は重い結膜炎《けつまくえん》でもあった。朝、目覚めても、まぶたが開かない。目やにで堅く閉じたままである。床のなかで母を呼ぶ。飛んできた母は、私の頭をひざに乗せ、「なむ天理王命」と唱えては、一度、二度、三度と、私のまぶたをなめてくれた。すると、目は苦痛なく開いた。母はその口を、決してすすぎも拭《ぬぐ》いもしなかった。「子どもの身上《みじょう》は親のさんげ、心遣いのままに神様からお与えいただいた身上の現れなれば、親が拭い取らなければ」。そんな親心の現れに違いないと、自分が子どもを育てる立場になって悟らせていただいた。

七十余年経《た》ったいまも忘れられない。どんな病のときも、御供を頂かせ、身を清めておさづけを取り次いでくれた母の姿を。医者、薬とは、まったく無縁であった私たちの信仰生活は、すべて心の入れ替え、前生《ぜんしょう》さんげの道であった。

◇

明治十七年生まれの母は、初婚の夫と八年連れ添ったが、子どもに恵まれず死別した。自らのいんねんを悟り、「今生《こんせい》は一代、再婚することなく、徳積みのため、ひのきしんをさせていただきます」と心に定め、詰所の炊事係としてつとめさせていただいた。

教祖《おやさま》三十年祭のころ、詰所には、ハンセン病の方がしばしの憩いを求めておぢば帰りされた。世間では当時疎《うと》まれていた患者さんに、母は優しく接した。詰所の人々が大方使ったあとの風《ふ》呂《ろ》に一緒に入り、体を洗わせていただくなど、何かとお世話させていただいたと聞く。

二度目の結婚はしないと心定めはしたが、縁あって再婚し、教会の人となった。しかし、その夫も、私を含む四人の子を残し、四十九歳で急逝《きゅうせい》した。

父亡きあと、教会には諸々《もろもろ》の事情が起こり、その都度、悩みの絶えない日々であった。しかし、母は「私は亡き会長と結婚したのではない。この教会のお目標《めどう》様に嫁いできたのだ」と断言して、どんなことがあろうと、たんのうひと筋で通ることを誓った。そして、その言葉どおりに、生涯を全《まっと》うしたのだった。

母のメモ書き

益田《ますだ》利生《としお》
前教会長
66歳・山口県

先日、机の整理をした時、引き出しの底から、古びて赤茶《あかちゃ》け、折り目はいまにもちぎれそうな紙に書かれた母の筆跡が目に入り、私は一瞬、慌《あわ》てました。

奈良県天理市川原城《かわはらじょう》中津《なかつ》詰所内
奈良県天理市川原城奈良県天理市川原城
中津詰所益田利生様中津詰所益田利生

それは学生時代、詰所に寄宿していた私へ手紙を書き送るために、宛名《あてな》書きの稽古《けいこ》をしたものでした。さらに驚いたのは、その紙の端に、

徳とは巧みに幸福を迫追求する技である

幸福とは良い動に伴う心の満足である　満

※傍線筆者、その個所原文のまま

と、メモが走り書きされていたことです。

もう何年も前のことになりますが、学生時代に母から届いた手紙を整理しました。手紙はいつも、ノートの端や、不要な紙の裏に書かれていて、鉛筆を舐《な》めながら書いたのでしょう、字が少しにじんでかすれたところがありました。「人の好く人神も好く」「私は知恵はなくても神様に進ませていただいたことを喜んでいます。この身が一番のかりもの、すべて何一つとしてかりもの」「誠真実の人になってください」といった言葉が書かれていました。

ある日の手紙に、

「ギリシャのアリストテレスと申される方が『徳とは巧みに幸福を追求する技である。幸福とは良い活動に伴う心の満足である』と申されております。人間は自棄《やけ》を起こすほど親不孝はありません。徳を削ることです。いまは親がどんな苦労もしてくれますが、両親はどれだけの身も心も、三人の子ども、また、貴方《あなた》には心ぶち込んでいる。これから先も、貴方、心どおりにできぬこともあるでしょう。（中略）聞いて成程《なるほど》では我《わ》が理にならん。言うだけでは何にもならん。行《おこ》のうてこそ幸福の追求である」

と書かれていました。

昭和三十年当時、中学校で数学の教師をしていた姉が通信教育で玉川大学《たまがわ》の三年に入り、毎年夏になると、東京に出かけてスクーリングを受けていました。姉が西洋哲学か倫理学の講義で聞いた「徳とは……、幸福とは……」という話を母にしたのでしょう。母は、姉から聞いたその話を、手紙に書いて寄越《よこ》したものと思います。

この母のメモを見つけた時、私はふと、五木寛之《いつきひろゆき》さんの『人生の目的』の一文を思い出しました。

――最近、親の問題、そして子の問題、家族の問題がいろいろ取りざたされていますが、子供に何をどのように教えればいいのか。学校の教師も、そして子をもつ親たちも、みんな迷っている時代だと思います。しかし、見せることができるのは、自分の生きかたでしかない。そして死にかたでしかない。こういう気がして仕方がありません。（中略）何を言えばいいのか。言葉がうわすべりして、子供たちの耳の横を通りすぎてしまう。そのことがわかっている。むしろそこでは、自分の人生というものに非常に忠実に誠実に生きること（中略）それをかたわらで眺《なが》めている子供たちは、そのような親の生きかた、そして死にかた、そういうものから、目に見えない、かたちにならない大きな何かを、おのずと皮膚《ひふ》の毛穴から汲《く》み取っていくのではないか。そういうふうに思います――

「この世は徳と不徳の二道しかない。徳を積んで勇んで生きるか、不徳で自らを駄目《だめ》にするかのいずれしかない」と口癖《くちぐせ》のように言っていた母は、「徳とは……、幸福とは……」という話を聞いて感銘し、この言葉を息子にもぜひ伝えたいと、メモしたのだと思います。

◇

母が出直して四十数年が経《た》ちました。古くから教会につながる信者さんたちが、よく母の話をします。

母が信者さんの家に行くと、隣近所の信者さんがその家に集まって話を聞くのですが、

「先生、そのお話は、このあいだ聞きましたよ」

「くどう（九度に掛けて）聞くから身につく。あんた聞きたくなかったら聞かなくていいよ。私は襖《ふすま》に話すから」

と、そんな会話を何度交わしたか分からないといいます。

母は、芝居を観《み》ても映画を観ても、その話を天理の教えに結びつけて話し、いつの間にかいんねんの諭《さと》し、徳積みの話にしてしまいます。若い私には、母の話は教条的で退屈に思えました。祭典の日、部屋でくすぼっていると、

「おまえはいま、母さんの話など馬鹿《ばか》にして聞きたくないだろうけど、前に来てお聞き。薬で

も飲むから効くやろう。お話も聞いておけば、それが理になる。前に座って聞いていたら、毛穴からでも入る」
と言って、私を呼びに来て、話を聞かせました。

今日、この社会に生きる私たち大人は、モノ、モノ、モノと、モノを追いかけ、便利さを求め、流行にうつつを抜かし、子どもにモノを与え、便利さを与えることが親の甲斐性《かいしょう》、仕事であるかのような錯覚をしているのではないかと思われます。

「もう道というは、小さい時から心写さにゃならん。そこえ〳〵年取れてからどうもならん。世上へ心写し世上からどう渡りたら、この道付き難《に》くい」（明治33年11月16日）
教祖《おやさま》はおさしづのなかで、こうご明示くださっています。

宛名書きの稽古をした紙の端に書かれたメモは、息子に自分の感動を伝えたい、人生で大切なことを教えたいという母の深い愛と、信仰の大切さについて、あらためて気づかせてくれました。

母との思いがけない出会いに、新たな心の風景が広がりました。

「教会になっておくれ」

山内《やまうち》　博《ひろし》
教会長
71歳・京都府

暑い夏がやって来ると、お袋の葬儀のことを思い出す。

曇天《どんてん》で蒸し暑い日だった。時折、思い出したように、雲の切れ間から太陽が顔を出すと、ドッと汗が吹き出した。

お袋の遺影をしっかりと胸に抱き、会葬者に深々と頭を下げたのが、昨日《きのう》のことのように鮮やかに思い出される。

早いもので、あれから二十五年の歳月が流れた。けれども、依然としてお袋は私の胸のなかで生きている。いつも毅然《きぜん》とした態度に、明治女の気骨《きこつ》がうかがえる人だった。目を閉じると、いまでも優しく、

「博、元気?」

と語りかけてくる。

妻や子どもたちが、七十歳を超えた私を、

「お父さんはマザコン、まだ乳離れしていない……」

と揶揄《やゆ》する。

話は飛ぶが、〝お袋の味〟は最高だった。漬物《つけもの》、煮しめ。いまでも舌に味が残っている。

お袋は私の人生の師でもある。若い時、何度か味わった人生の挫折感《ざせつかん》。そのたびに、

「くじけるんじゃないよ。いまはどん底なのだから、あとは這《は》い上がるだけ。腰を低くして、なんでも素直に、皆さんにハイハイと返事をして、這い上がっていくんだよ」。

この言葉を何度聞かされたことか。いまでも困ったときには、お袋の声が聞こえてくる。

ある時、どん底の私に、

「修養科に入りなさい。神様がきっと良いようにしてくださるから……」

と、お袋は言った。私は半信半疑ながら、修養科のお世話になった。

三カ月の間に、ある教会の娘と恋に落ちた。お袋に打ち明けたところ、即座に会長さんにお願いに行ってくれた。返事を渋《しぶ》る会長さんに「これも人だすけ!」と粘《ねば》り、結婚のお許しを頂

いた。控《ひか》え目なお袋に、あれほどの粘り強さがあったとは思いもしなかった。

お袋が亡くなったあと、後継者がいなくて悩んでいた妻の実家の教会長に私がなろうとは……。まさか、お袋はこの事態を予測していたのだろうか。

お袋のことで一番思い出すのは、出直しの前後のことだ。

お袋は、おぢばでのひのきしんの最中に体調を崩した。京都府綾部《あやべ》市の義兄が会長を務める教会で伏せっていると知らせを受け、取る物も取りあえずハンドルを握り、横浜から高速道を走りに走った。

義兄は私の顔を見ると、こう耳打ちした。

「地元の医師に診《み》てもらったが、がんの疑いがある。横浜に戻り、大きな病院で診てもらうように……」

金槌《かなづち》で頭をなぐられたようなショックを抑え、お袋のところへ行った。

「どうだい、体調は？」

「たいしたことはないよ。わざわざ迎えに来てくれることはなかったのに。会社、忙しいのだろう……。二、三日したら一人で帰るつもりでいたのに」

何も知らないお袋は、明るく答える。

帰途、「カレーが食べたい」との言葉に、サービスエリアでカレーを食べたが、味など感じる余裕もなく、砂を噛《か》む思いであった。

横浜に戻り、いぶかるお袋をなだめすかして、やっとの思いで入院させた。

病院のベッドでも、口をつくのはお道の話ばかり。

「教会になりたい。それが私の願い」

私を含め兄弟三人は教人《きょうと》、その嫁さんも教人。ほかに、おさづけの理を戴《いただ》いた者が五、六人はいただろう。着々と準備をしてきたのがよく分かる。

息を引き取る前日のことだった。見た目には血色も良く、体調も良さそうだったが、人払いをして、いきなり私の手を握り、こう言った。

「博、お願いだから教会になっておくれ」

うなずく私に、

「ああ、これで安心」。

翌日深夜の二時四十五分、誰も気づかないうちに、お袋は眠るがごとく出直した。

お袋が手塩にかけた布教所は、弟が継いだ。私は妻の実家の教会の会長となった。お袋が健在だったら、私たち兄弟のいまの姿を見て、なんと言うだろうか、聞いてみたいものである。

母は強し

野嶋《のじま》靖代《やすよ》
主婦
48歳・大阪府

　昭和二十年八月六日午前八時十五分、広島に原爆が投下されました。あれから半世紀余り、今年もテレビから流れる平和の鐘《かね》の音に、母も私も手を合わせています。

　あの日の朝、十七歳の母は、広島駅前での奉仕活動に参加するため、汽車から降り、駅構内の地下道を歩いている時に、投下の瞬間に遭遇《そうぐう》したのです。その時の光景を、まるで夢のなかの出来事のように、幼いころから何度も何度も聞かせてくれました。

◇

「お母《かあ》さんは、あの時に運を全部使ってしまったんや」

　母の周囲の者は、最近やっと冗談交じりで、母の人生について話せるようになりました。それほど結婚してからの母は、苦労の連続でした。

父は会社を経営していましたが、事業が軌道《きどう》に乗りはじめると、ギャンブルに走るようになりました。借金はかさみ、やがて家の物がことごとく差し押さえられました。さらに追い打ちをかけるように、私が中学生の時に会社が火事に遭《あ》い、父が一時、蒸発したこともありました。

その後も、わが家は父にまつわるトラブルが絶えませんでした。

「こんな家、イヤや」

高校生のころ、私はたまらず母に愚痴《ぐち》をこぼしたことがあります。しかし、

「なに言ってるの。親がおっての苦労は苦労と違う。大きな船に乗っていると思って、安心しなさい！」

と一蹴《いっしゅう》されました。

また、ある時、

「いっそ、お父さんと別れたらスッキリするのに」

と訴えたこともありました。しかし、母の答えは「ノー」でした。

「そら、離婚したら簡単や。でも、そうしたら、そういういんねんが子どもらに残る。だから、そんなことはでけへん！」

母の言葉が、胸の奥にグサリと突き刺さりました。子どものためなら、どんなつらいなかも通り抜けていこうとする母は強し！

私も母親になり、二十三年が経《た》ちました。きょうまで幸せに来られたのは、もちろん主人のおかげもありますが、苦労のなかも子どものためにと、徳を積みつづけてくれた母のおかげと感謝しています。

友人と話す、明るい母の声を聞いたことがあります。

「相変わらず貧乏しているヨ。でもね、子どもらがみんないい子やから」

私は何も言えず、涙があふれそうになりました。

母さん、いつもいつも、ありがとう。いまの幸せが、ずっと母さんに続きますように。

母は二カ月に一度、広島で元気に暮らしている九十六歳の祖母のもとへ、先に出直した父の墓参りも兼ねて帰郷します。父の墓前で手を合わせる母は、何を話しているのでしょうか。

「あんな人やったけど、良いところもあったんよ」

と、母は父をかばいます。父さんはきっと「すまんかった、すまんかった」と言っているのでしょうね。

おふでさきのなかに、母がよく口にする好きなおうたがあります。

やまさかやいばらぐろふもがけみちも
つるぎのなかもとふりぬけたら　（一47）
まだみへるひのなかもありふちなかも
それをこしたらほそいみちあり　（一48）
ほそみちをだん〳〵こせばをふみちや
これがたしかなほんみちである　（一49）

母さんはいま、どの辺りを歩いているのかな。気を抜かず、ずっとずっと元気でほそみちにいてね。

神様に通じているからこそ

樋口久子《ひぐちひさこ》・日本女子プロゴルフ協会会長

昭和20年、埼玉県生まれ。43年、日本女子プロ選手権で初優勝以来、現役引退までに国内69勝、海外3勝の計72勝を達成。52年には全米女子プロ選手権大会で優勝。男女を通じてメジャー大会を制した日本人は今もいない。平成15年、日本人初の世界ゴルフ殿堂入りを果たす。

母は明治四十二年の生まれです。とても礼儀正しく、几帳面《きちょうめん》な人でした。明治の女性らしく、服装はもとより髪の毛一本乱すことなく、いつもきちっと身支度《みじたく》を整えていました。

祖母は職人を何人も抱えるお針のお師匠さんで、良家の子女がたくさん通ってきていたそうです。そんななかで育ちましたから、母の和裁の腕は相当なものでした。

祖母の代にはお道を信仰していたので、母は家の信仰を受け継ぐ形で、自然になじんでいったようです。

母は子どもに面と向かって信仰を勧める人ではありませんでしたが、何かあるたびに口をついて出る言葉は、お道の教えでした。たとえば、私がものすごく腹を立てていたりすると、「そういう心遣いをしていると病気になるよ」というふうに、すぐに理を諭《さと》すのです。「蒔《ま》いたる種はみな生える」「節《ふし》から芽が出る」などのお言葉や、かしもの・かりものの話は、よく聞かされました。「からだは神様からのかりもので、心だけが自分のもの。心の通り違いをするから病気になるんだよ」と。

私は生後何カ月目かに、百日咳《ひゃくにちぜき》で死にかけて、両親が三日三晩、懸命に看病してくれたおかげでたすかったそうです。それ以降は、これといった病気をしたことがなく、本当にありがたいことだと思っています。そう思えるのも、母が事あるごとにお道の話をしてくれたおかげです。

母は、人の世話を焼くことを喜びとするような人でした。たとえば、家に誰かが訪ねてくると、それがどんな用事であれ、必ず何か持たせて帰すのです。あるいは、自分は何も食べなくても、人にはご馳走《ちそう》していました。そういう姿は、やはり強烈な印象として残っています。幼心に、母のような人になりたいと憧《あこが》れたものです。

世話焼きは、子どもに対しても同じでした。私が社会人になって実家を離れ、東京で暮らすようになってからも、家に帰ってくると分かると、卵や醤油《しょうゆ》などをたくさん買い込んで、「持って帰んな」と言うのです。そのたびに「お母さん、こんなの東京にも売ってるよ」と苦笑するんですけれども……。

私は現役時代、おかげさまでたくさんの勝利を挙げることができました。ゴルフというのは毎回が勝負ですから、心のなかにはいつも自信と不安が同居していました。当然、調子の悪い日もあります。そんなとき、母は電話で「誰でもいい日ばかりはないよ。悪い日もあるけど、悪い日があるから、またいい日もあるんだよ」と励ましてくれました。そして「〝優勝したい〟と欲をかくんじゃないよ。十八ホールすべてを無事に回らせてもらえるよう、お祈りしなさい」と。

私にそう言う一方で、自分は、私が試合から帰ってくるまで、朝晩、お願いづとめを欠かさなかったと聞いています。しかも、私のことだけでなく、「試合にかかわる人たち全員が、無事に一日を通れますように」と祈っていたそうです。

母の拝は普段から長いものでした。朝夕のおつとめでも、わが子とその連れ合い、そして孫の名前と年齢を、いちいち唱えて祈ってくれていました。ですから、試合の日はなおさらだったと思います。

私は信仰の面では、母のようにはなれそうもありません。けれども、母から絶えず聞かされたお道の話は、私が生きていくうえでの指針になっています。

たとえば、ゴルフの試合では、キャディーさんと一緒にホールを回って戦います。当然、キャディーさんとの呼吸や相性が大事になってくるわけですが、時にはどうしても合わない場合があります。そんな日には「これも今週の私の運命なんだ。同じ一日なら楽しくやったほうがいい。この人と楽しくやるようにという神様からのメッセージなんだ」と思うようにしています。こう考えられるようになったのも、母のおかげです。

とにかく、いまの自分があるのは、自分の力だけではなく、母が神様の教えに沿って、せっせと種を蒔《ま》いてくれたおかげだと思っています。一九七七年、いわゆるメジャー・トーナメントの一つである全米女子プロ選手権大会で日本人として初めて優勝させていただいたときに、所属教会の会長さんがこうおっしゃいました。「お母さんが神様に通じているからこそ、あなたのような子どもが生まれたんだよ」。元気な体に産んでもらって健康で通れるからこそ、これだけのことができたと――その通りだと思います。

母は三年前に出直しました。でも、私にとっては、まだ生きているように思えます。そして、大事なときには私のそばにいて、見守ってくれているような感じがしています。

曼珠沙華が咲いてるよ

森本《もりもと》国子《くにこ》
主婦
59歳・奈良県

秋になると、赤い曼珠沙華《まんじゅしゃげ》の花があちこちの畦《あぜ》で咲き誇る。私の大好きな花——と言うと、「どうしてあんな花が？」とか、「ヘビの好きな花だよ」などと、きまって揶揄《やゆ》される。一般には、あまり良い印象はないらしい。

私が幼いころ、母は訳あって、私と弟を連れてある家の後妻に入った。そこには先妻の子ども四人がいたが、あまりなつかず、母にとって居心地《いごこち》の良い家ではなかったようだ。

エリートである長男は母に冷たく、長女は検事になると家を出た。すぐ上の姉は、私の記憶ではピーピー泣いてばかりで、これまた母を困らせていた。唯一、心優しい二男は、おぼっちゃまで、お人よし。あまりに人が良すぎて、他人にそそのかされ、刑務所に入るはめになった。

近くに住む姑《しゅうとめ》は厳格な昔かたぎの人間で、田舎《いなか》育ちの母は行儀作法から仕込まれた。

「おかげで、ひと通りのことは全部教わった」

と、母は生前よく口にしていた。

その後、母は私と弟の二人を連れて夫と離別した。母子三人の生活は貧しかった。この時期に、教会に導いていただいたと聞いている。

母は、子ども二人を連れて修養科に入った。おぢばでの生活は、私にとって毎日おなかを空《す》かせていた記憶しか残っていない。どこからか、ふかし芋《いも》のにおいが漂い、空腹を刺激するようなときは、母は私たちを鏡池に散歩に連れていって、なぜか曼珠沙華の歌を歌ってくれた。

◇

前夫と別れてからも、母は私たちを連れて、刑務所の二男によく面会に行った。電車賃を節約するため、いつも途中から徒歩だった。ある時、その道中で千円札が落ちているのを見つけた。私は大喜びして、

「よかったね」

と目を輝かせた。しかし、母は、

「これは神様がためしてはるんよ」

と言い、あとでそのお札を賽銭箱《さいせんばこ》に入れた。

貧しいなかでも、母はいつも精いっぱいのことをしてくれた。小学校の遠足の朝、目が覚めると手作りのスカートが枕元《まくらもと》に畳《たた》んで置いてあった。決して器用なほうではなかったが、母の温かみが伝わってきて、とても楽しい遠足だったことを思い出す。自分の着物をほどいて、夜なべして作ってくれたと分かったのは、私が大人になってからだった。いまも柄行《がらゆ》きから色まで、はっきりと覚えている。

年月が経《た》ち、私が前の家族の顔を思い出せなくなったころ、刑務所に入っていた二男から、母に一通の手紙が届いた。離婚後も親身に会いに来てくれた母が、

「曼珠沙華がきれいに咲いているよ、真っすぐに周りの仲間と咲いているよ」

と励ましてくれた、その言葉が忘れられないと、手紙には書かれていた。

「赤い花なら曼珠沙華――」で始まる歌を、よく歌っていた母。「濡《ぬ》れて泣いてるジャガタラお春――」の「お春」の個所を、「おさる」と言い換えて私が歌うと、母は大笑いした。このことも、私が曼珠沙華を好きな理由の一つである。

母はその後、教会のお世話で父と再婚した。父は小学校の教師という職業柄か、厳格な人で、天理教を毛嫌いした。しかし後年は、みかぐらうたを尺八譜《しゃくはち》にして吹いていた。その姿を初め

て見たとき、どんなに罵倒《ばとう》されても止められても、母が教会に足を運びつづけたたまものと、胸が熱くなった。

曼珠沙華の花が終わると、これまた私が大好きな金木犀《きんもくせい》の香りが、どこからともなく漂ってくる。けれども、私にとって一番の花は、やはり母のぬくもりを感じるあの曼珠沙華なのである。

お母さん、ただいま還りました！

藤原《ふじわら》　剛《つよし》
教会長
81歳・岡山県

「私《わたし》や、出《で》つ入《い》つしながら、もう十六年も教会に住み込ませてもろうとりましたんでェ……」

昭和十四年の暮れ、妙なご縁から父の後妻に迎えられた継母《はは》が、いつのころであったか、そんな問わず語りを聞かせてくれた。

そのころ若かった私には、教会の住み込みとはどういうものかも分からず、「出たり入ったりして十六年もいた」と聞かされても、その意味が理解できず、なぜそうせねばならなんだかと尋ねてみる気にもならなかった。それでも、そのひと言は、心のなかに不思議な思いとして、ずっと残っていた。

母は明治二十一年、裕福な家に生まれたという。だが、伝説めいた生い立ちを初めて聞かされた時には、眉唾《まゆつば》ものだなと思った。しかし、実の一人娘という人からも、同じようなことを聞かされ、あらためて驚くとともに、その波瀾万丈《はらんばんじょう》の人生に感じ入った。

母の祖父は、当時としては先進的な知識人だったようで、初孫である母の出生を喜び、「これからは、女子も学問を身につける時代になろう。いまのうちから積み立てをしておこう」と、田地《でんじ》の何反歩《たんぶ》かを分け与えた。

生まれてすぐに田地持ちとなり、そのまま順調に行けば、どこまでも学問の道に進めたのに、幼いころ明暗の区別しかつかないほどの弱視となり、その夢はあえなく消えてしまった。のちに母は、「もしも目を患わなんだら、こんな無学者《むがくもん》にはなっとらんぞな……」と悔《くや》しがったり、「おじいちゃんに申し訳ない」などと、こぼしたりしていた。

母が三歳の時、実母が早世《そうせい》し、継母に育てられた。異母兄弟は、みんな学校へ行けるのに、自分は弱視のために行けず、性格は歪《ゆが》んでしまったという。

やがて年ごろになって縁づき、一女に恵まれたが、気管支炎や婦人病など相次ぐ病気に見舞われ困り果てていた。その時、後年、沙美《さみ》分教会初代会長となる若き日の福島とら姉の手引きを受け、曲折を経て上級の岡輝《こうき》分教会へ、前記のように、出たり入ったりの住み込み生活となったのである。

母は会長様に導かれ、次第に心を入れ替え、布教ひと筋を仕込まれて、真似事《まねごと》ながらも単独布教をするようになった。しかし、家庭を放り出してまで住み込んだ代償は、前夫からの離縁という結果だった。

不徳をお詫《わ》びしながらも頑張っていたそのころに、不思議なご縁からわが家へ迎えられて、継母と仰ぐことになった。

昭和二十年の終戦間際に、岡山空襲で家が全焼し、父と母は県北の林野《はやしの》という田舎町に疎開《そかい》した。

焼け出されの身となった二人は、どん底の生活を強《し》いられた。さらに、父が作業中に骨折し、入院した。この時、母のなかに眠っていた布教への思いが勃然《ぼつぜん》と目を覚まし、病院内の誰彼となくおさづけを取り次ぎはじめた。その布教道中が、現在の教会につながる実を結ばせていただいたという。

たたきのめされるような人生苦のなかを、お道のおかげで耐え忍ばせてもらえた苦労人なればこそ、布教に当たっても相手をうなずかせるものがあり、この継母に導かれた私は、実にありがたいことと感謝の心は尽きない。

エピソードの一、二を記してみる。

一、病に伏す祖母への語らい

「お母さん、私ゃこんなええ歳《とし》をして、今度ご厄介《やっかい》にならせてもらいましたが、惚《ほ》れた腫《は》れたで来《こ》させてもろうとるんじゃござんせん。会長様からちゃんとお許しを頂いて、布教に来させてもろうとりますけん、なんなりとご用をさせてくだせえな。夜が夜中なりと、ちっとも構ゃしませんで。お下《しも》のお世話もよう慣れとりますんじゃ。仰《おお》せつかぁさりゃ、すぐにさせてもらいますけん……」

祖母が目をパチクリさせていたものだ。

二、風邪《かぜ》をこじらせ、病み伏したとき

「私ゃ、このお手入れが〝何でか〟ということ、よう分からせてもらえる。みんなに優しゅうしてもらい、ええ気になっとんじゃ治りゃせん。これから、おたすけに行かせてもらう」

そう言ったかと思うと、フラフラしながら着物を着、止める手を振り切って「黙って見ておれ！」と言わんばかりに、そのままどこかへ出ていった。

夕方になって、継母が帰ってきた。

「ほれ、このとおりシャンとしたよ。お芋《いも》さんを頂いたから、みんなで頂戴《ちょうだい》しような」

三、お母さん、ただいま還《かえ》りました！

継母がわが家へやって来たころ、「オバサン、オバサン」と呼んで、親しみはしたが、「おかあさん」とは、さすがに呼べなかった。

昭和十六年、私は軍人として戦地に赴《おもむ》き、最後は捕虜《ほりょ》となって、二十二年の秋に復員した。疎開先の両親と七年ぶりの対面となった時、開口一番に出た言葉は、

「お父さん、お母さん、ただいま還りました！」

声涙《せいるい》下る思いとともに、思わずサッと出た言葉が、「おかあさん」というひと言であった。心のなかに沈み込んでいた継母への思いが、この瞬間から「継」のないお母さんになり、いとも素直にお母さん、お母さんと呼んで過ごせた幸せを、不思議に思えてならない。

この日から、母の十六年に及ぶ豊富な経験談に心から聞く耳が持てるようになり、おかげで今日の自分があることを朝夕にお礼申し上げてやまない。

生前、母が多く口にしたおふでさきの一首がある。

いまのみちいかなみちでもなけくなよ
さきのほんみちたのしゆでいよ　（三　37）

義母の仕込み

川上教子《かわかみきょうこ》
主婦
68歳・奈良県

私が夫のもとに嫁いだのは、二十七歳の時でした。当時、東京で働いていた私は、左目の病気がもとで、大教会長様から修養科をお勧めいただき、おぢばで修養生活を送っていました。その間に、目はすっきりとご守護いただき、修養科修了間際に、詰所の主任先生から主人との縁談の話を頂きました。

主人は兵庫県但馬《たじま》にある教会の二男で銀行員でした。長男家族は布教中で、教会には主人と姑《しゅうとめ》、主人の兄弟が住んでいました。

明治生まれの義母《はは》は信仰初代で、会長さんとともに教会設立に力を尽くされた方です。教会のことは何も分からない私に、「何事も見て覚えるように」と言いました。

嫁いで三カ月目のある日、おたすけから帰った義母は、台所に行くと、ゴミ箱のふたを開け、

「教子さん、これはなんですか？」

と、野菜の枯れくずを拾い上げました。

「良いところだけお供えしようと、枯れたところを捨てましたが……」

「あなたは真実のお供えを、なんと心得ているのですか！」

義母は、拾い上げた野菜をさらにより分け、本当に食べられないところは、植木の根元に埋めました。

「教祖《おやさま》はな、菜の葉一枚粗末にすることのないようにとおっしゃった。みんな命を頂いて生かされているのやで。物を粗末にすることは、命を粗末にすることや。恩が重なれば病んで果たさんならん。捨てるときでも生きた捨て方、お礼を言うてするものや。女はつなぎや。台所で切り詰めてご恩返しせんでどうするのや。もっと、頭を働かせなさい」

東京での豊かな暮らしに慣れた私にとって、教会生活はとてもつらいものでした。おいしいものは食べられず、信者さんから頂いたものは、義母がすぐに上級の教会にお供えしてしまいます。私は空腹を、水とおしんこでしのいでいました。

喜べないでいた私に、義母はある日、

「今夜は、あなたの好きなものを作りなさい」と言って、財布を渡してくれました。私はうれしくて「何にしようかな。久しぶりに八宝菜《はっぽうさい》か、酢豚《すぶた》にしようか」と思いながら、買い物に行きました。でも、財布の中身を見てびっくり。わずかばかりの小銭では、ミンチ少々と、ちくわ数本しか買えませんでした。

裏庭で採れた青じその葉にミンチを伸ばし、ちくわは松葉にして、菊の葉の天ぷらと小菊を添えて出しました。私の心を見抜いていた母は、

「毎日頂く食事に不足しているだろうが、教祖は『水を飲めば水の味がする』と、本当にご苦労のなかを勇んでお通りくださった。いくらごちそうを頂いても、徳がなかったら、みな消化せずに出てしまうものです。なんでも喜んで頂いたら、カスになって出てしまうものでも、神さんは身につけてくださるのやで」

と言いました。

◇

義母は御供《ごく》を半紙に包み、毎日おたすけに出かけていました。髪の毛は一本の乱れもなく、上から下まで洗い立ての着物に着替え、きちっとした身なりを心がけていました。帰ってくると、参拝後、着ていた物はすぐに陰干しし、襦袢《じゅばん》や下着は風呂場で洗っていました。

ある時、義母はおたすけが忙しくなり、私に下着を洗っておくようにと言いました。私が洗濯機で洗うと、義母の下着はヨレヨレになってしまいました。その下着は、信者さんから頂いたもので、義母は長年身につけていました。よく見ると、五十三カ所も継ぎが当ててあったのです。私はお詫《わ》びしました。

「あなたは、ただ洗ったらいいと思っていたのですか？　私は毎日、教祖のお供《とも》をさせていただきながら、これをお供えしてくださった方もたすかるようにと、身につけて一緒に歩かせていただいているのやで。物の命は、心一つで生きも死にもするのですよ」

義母の下着の洗い方はこうです。たらいを斜めにして水をチョロチョロ出しながら、下着をせっけんで一、二回なでて、手で押さえるように洗い、全体を振りすすぎ、洗濯板で薄《うす》のりを付け、パンパンたたいて、サッと干すのです。乾くと霧を吹き、畳《たた》んでゴザの下に入れ、敷きのししていました。おたすけに行くときの着物も、みな直したものでしたが、何を着てもしゃんとして、新しく上品に見えました。

教区の修理人先生がご巡教《じゅんきょう》のときは、進んで宿のお世話を受けられました。

「ありがたいなぁ、親の理を頂戴《ちょうだい》できるとは」

そう言って、いそいそ出かけ、どこにそんなお金があるのだろうと思うくらい、旬《しゅん》の品々をたくさん買ってきました。そして、見事な手料理が次々と運ばれました。無事に、先生方をお見送りしたあと、義母は私を客間に呼びました。部屋のなかには、先ほどまで先生方がおられたぬくもりが漂っているようでした。

「さあ、座りなさい。何でもよろしい、好きなものを頂きなさい。これは親の理を頂くのやで。ありがたいことや。料理は心やで。素材を最大限に活《い》かして、自然の味を壊さんように作る。教えも一緒で、素直が第一。そろばん勘定《かんじょう》伏せて通る。あんたも明日から、にをいがけに出るのやで。理を頂いたら、教祖がお連れくださる。見てさんげ、聞いてさんげ、お詫びして通るのやで」

私はもったいなくて、料理がのどを通りませんでした。

とかく義母の厳しい言葉だけにとらわれて、その奥にある親の思いが分からず、感情に走り、大切なことを見失っていました。自分が通ってみて初めて分かる親の道。母だからこそ、私みたいな者にも心を砕《くだ》いて育ててくれたのです。そのおかげにより、ない命も今日までおつなぎいただいていると思います。

義母が出直して、もうすぐ二十年が経《た》ちますが、いまでも「教子さん、これはなんですか？」という声が、はっきりと耳の奥に残っています。

五十年目のぬくもり

山口《やまぐち》加恵子《かえこ》

教会長
64歳・佐賀県

昭和二十八年六月、母は五人の子どもを残し、四十一歳の若さで出直した。その一週間ほど前、中学生だった私は、母の枕元《まくらもと》に呼ばれた。

「加恵子ちゃん、お母さんは師範《しはん》学校の修学旅行先で急性肺炎になり、出直しかけたの。そのとき、おばあちゃんが福岡から鹿児島に駆けつけて、おさづけをしてくれて、奇跡的にご守護いただいたのよ。お母さんは、あの日から二十二年も長生きさせていただいて、ありがたいと感謝してるの。だから、お母さんにもしものことがあっても、決して神様を恨《うら》んではだめよ」

五人の子どもたちがお道から離れることのないようにと配慮しての、覚悟の出直しだった。

母の守りによって、いま私たちは、教会長、会長夫人、布教所長と、それぞれお道を歩ませていただいている。

◇

母が病床にあったころ、現在は上級の部内教会の会長夫人である方が、女子青年として教会に住み込んでいた。彼女は私より三つ年上で、早くに両親と別れたため、母を実の親のように慕っていた。ある日、彼女は、母の枕元に色紙と筆を持ってきた。

「奥さん、これに神様の言葉を書いてください」

母はすぐに筆を執り、さらさらと一気に書いた。

「馬鹿になれ　阿呆《あほう》になれ　馬鹿や阿呆が神の望みやで」

うら若い彼女は、不服そうな顔をした。

「奥さん！　馬鹿や阿呆やとかじゃなくて、もっときれいな言葉を書いてください」

すると、母はこう答えた。

「〇〇ちゃん、なに言ってるの。信仰のたどり着くところは阿呆になることなのよ。馬鹿や阿呆と言われて結構、と喜べるようになったら、信仰者として一人前なのよ！」

その場に居合わせた私は、二人のやりとりを漠然と聞いていた。しかし、年限を重ねたいま、あのときの母の言葉がしみじみと心に染《し》みるのである。阿呆になることのむずかしさ、どんな悪口雑言《あっこうぞうごん》を浴びせられても結構、と喜べるたんのうの心を養うことの大切さ。ひょっとすると、色紙の言葉は、母が座右《ざゆう》の銘《めい》にしていたのかもしれない。そして、高い心になりかけていた私への遺言だったのかもしれない。

◇

母が出直して五十年になる。一昨年六月、上級教会で三代会長夫人としての母の五十年祭が執り行われた。その席で、件《くだん》の会長夫人が、女子青年だったころの母の思い出を話してくれた。それは、私にも関《かか》わりのあることだった。

あるとき私は、中学校の家庭科の授業で浴衣《ゆかた》を縫《ぬ》った。それほど上手《じょうず》ではなかったが、自分で初めて縫ったものなので、うれしくて家に持ち帰り、母に見せた。すると母は、

「〇〇ちゃんに、それをあげなさい」

と命じた。

「自分で初めて縫ったのに……」

と、不機嫌な面持ちで言うと、

「あんたは両親がそろっているだけでも幸せでしょう」

と。私は一も二もなく、彼女に差し上げた。

その浴衣を、彼女は五十年経《た》ったいまでも、大切に持っているという。そして、母の心遣いをどんなにかうれしく思い、このご恩はいつか返そうと思いつづけてきたのだと話してくれた。私は、胸が熱くなった。

三十年ほど前、彼女がどうしても、私の教服を作らせてほしいと言って譲らなかったことがあった。再三辞退しても、ぜひにと言って作ってくれた。なぜだろうと思っていたが、あれが浴衣の恩返しだったのだ。

それにしても、母の五十年祭にその理由を知ることになろうとは。小さな驚きとともに、五十年の時を経て、母のぬくもりが切なく温かく伝わってきた。

「小判に変えて！」

油《ゆ》谷《たに》美《み》智《ち》子《こ》・作家

昭和22年、高知県生まれ。国内外3カ所の大学を卒業。執筆活動の傍ら、成績不振の子どもたちを対象に英語塾「友情村」を主宰。2度の米国留学をはじめ海外渡航は70回以上。平成2年『高知新聞』文芸短編小説入賞。

第三者に対し、娘である私をさして、からかい気味で母が表現するとき、「うちのお嬢」というのがあった。

昭和四十年代のころである。

やたら眠く、寝ても寝ても寝たりない二十代前半の私のことを、「うちのお嬢は、そりゃもの凄《すご》いぞね。朝寝しっかり。昼寝はしかり。宵寝《よいね》はやばや。おまけに、こっくりこっくり舟《ふね》を漕《こ》ぐくち」などと自慢（？）するので、「よくもまあ、娘の嫁入りにさしさわること、言いふらして」と横槍《よこやり》を入れても、泰然《たいぜん》として動じない。

そこで、「まあね、この世に出してくれた人のなさることやから、しようがないけど」と諦観《ていかん》を示すと、「おまえはなかなか悟りがようて、よろしい」との応じ方なので、閉口した。

都会暮らしを始めて、帰郷すると、八畳のふた間の中心にある襖《ふすま》をはさみ、西が母、東の部屋が父と私で、三つの床を敷き、頭《かしら》合わせに談笑しつつ夢路をたどるのが、常だった。

当時、高知市浦戸《うらと》の地区で、戸締まりをする家は稀《まれ》であった。われわれの両寝室の南に面した中庭も、二十四時間、誰でも入ってこれた。

真夜中、この中庭に、南浦浜子《みなみうらはまこ》さん（仮名）が「たすけて！」と飛び込んできた。当時、浦戸には医者がいず、産婆《さんば》でいちおうの医学的知識があり、かつ一銭も取らない母を頼りやって来る人は多かったので、さして驚くには値しなかった。

が、「主人に殺される！」などと言って、恐怖に縮み上がって来る者は珍しい。

東の部屋で、浜子さんに父母が応接することになり、私は父と自分の寝具を丸めて部屋の隅にやると、母の寝床へもぐり込み、室内灯を消した。この日、父母と共に高知城のそばに立つ日曜市に、野菜ジュース用のにんじんを買いに行き、求めた量の倍以上の

・・・オマケのにんじんを一人で運搬したので、疲れきっていた。
熟睡をさまたげられたのは、二階の部屋へと続く廊下を、誰かの駆ける音がした、と思った途端、「うちの浜子を、二階に隠しちょるがぢゃろ！」という怒鳴《どな》り声のせいだ。

私は床の上に跳《は》ね起き、すばやく着替えをして、安普請《やすぶしん》の利点で襖と襖の間に隙《すき》ができているのを幸いとし、襖に張りついて、明かりが煌々《こうこう》としている隣室をのぞき込んだ。

南浦さんは大工のかたわら、畑に出て鍬《くわ》もふるう偉丈夫《いじょうぶ》さだが、一方、父のほうはといえば、体格は並の下《げ》。万が一のときは、ほうきを武器にしてと狼狽《ろうばい》する私の耳朶《じだ》を、父の毅然《きぜん》とした声音《こわね》が打ち、私の動きを静止させた。

「二階どころか、この家じゅう捜し！　そやけど、他人の家の深夜の家捜《やさが》しでぢゃ、もし、あんたとこの奥さんがいなかった場合、どうしてくれる？　ごめんぢゃあ、済まされんでよ」

　すかさず、母が割って入った。

「まあ、南浦さん、座敷へ上がりや。何があったか、よかったら話、聞かいとうぜ」

　ということで、南浦さんは奥さんへの許し難い怒りを、次々と爆《は》ぜさせていった。その間、父母は「そりゃあ、浜子さんが悪い。誰がなんと言うても、非がある」といった路線を貫いてゆくので、南浦さんの言辞《げんじ》が見る間に弱く柔らかく、しょぼくれへと移っていった。

「いや、その。浜子もええところはいっぱいあって。僕が短気やから、えーと、そのう……」

母は穏《おだ》やかに、しかし迫った。

「ほな、浜子さんの長所を教えとうぜ」

今度は黙って南浦さんの話に耳を傾けてから、母はもの静かに、噛《か》んで含めるよう語りだした。

「夫婦とは合わせ鏡のようなもんぢゃき。足りんとこは、互いにたすけ合《お》うて、補い合わんと。癖性分《くせしょうぶん》、直していきや。おばちゃんが信仰しよる天理教では、夫婦というものは――」といった話を小一時間近くしたのち、浜子さんを捜し出し、必ず家へ送り届ける。その代わり、心から喜んで出迎えないかんよと確約させてから、南浦さんの帰宅を促したのだった。

次いで、二階から降りてきてもらった浜子さんに、ご主人が語った浜子さんの良い所のみ、父の相槌《あいづち》を追い風にして、母は並べ立てた。

その後は南浦さんに告げたとほぼ同じ内容の、「おばちゃんが信仰しちょる、お道では――」となり、ご主人と違うところといえば、「ええかね。女は家の土台ぢゃから。低い心で円満にやらんといかんぞね」等々。

母が浜子さんを見送っていなくなると、これで安眠ができると、寝床を元通りにし、自分用の布団《ふとん》にもぐり込んだのだった。

が。

午前八時前、今度は中庭のざわめきで、揺さぶり起こされた。

母がちょっとはしゃぎ気味の、さも嬉《うれ》しげな声の調子で、「あらァ。気を使わんでもええのに。そうかね、南浦さん。浜子さんと二人で畑に行ってきたがかね。ありがとう。おじさんもおばさんも大好物やから、喜んで頂戴《ちょうだい》します」と言い、父をもせっついて、「はい、大好き。おいしそうぢゃねぇ。なんぞ、お返しせにゃならんのう」と言わしている。

南浦さん夫婦が帰ってしまった気配を見計らって、中庭に面する側の障子《しょうじ》とガラス戸を開いた私の視野に、驚くべき光景が飛び込んでき、目を見張らずにはいられなかった。

朝掘りの泥《どろ》を落とした、瑞々《みずみず》しく青々とした葉っぱつき、色、艶《つや》、形、新鮮さは申し分のない、うず高く大ざるに盛られたにんじんが、朝日を浴びて燦然《さんぜん》と照り輝いているではないか。

台所と茶の間もにんじん一色だというのに……。

私と目の合った母が、泣きだしそうにして笑うといった表情でおだつので、私はピシャリと言いきり、請求してやった。

「お嬢の親は狐《きつね》と狸《たぬき》ぢゃ。にんじんは、もう結構。これ、小判に変えてちゃ！」

母の態度？

ハイ。「どだい、腹の皮がよじれて、元へ戻らん」と、父と共に顔じゅうにんじん色に染め、体を二つ折りしながら、長いこと大笑いしておりました。

"二人の母"に導かれ

北田美千代《きただみちよ》
主婦
52歳・兵庫県

昭和十九年、母は兼業農家を営む父のもとへ嫁ぎ、子どもは一男二女を授かった。

祖母は厳しい姑《しゅうとめ》だった。

「私が子守《こもり》をしてやるから、早く田んぼへ行き！」

母は祖母に言われて、毎日、農作業ばかりさせられた。田んぼからおなかをすかせて帰ってきても、お櫃《ひつ》のなかは空っぽで、食事もろくに食べさせてもらえなかった。

さらに嫁いで十一年目、祖母が倒れて半身不随《はんしんふずい》になり、寝たきりとなった。父は会社勤めがあるので、家事や農作業から祖母の下《しも》の世話まで、すべてが母の肩に重くのしかかった。

いまと違い、当時は紙オムツもない時代、母は自分の浴衣《ゆかた》をつぶして祖母のおしめにした。

朝、汚れたおしめを川で洗濯して畦道《あぜみち》に干し、一日の農作業が終わると乾いたおしめを取り込んで帰った。

忙しい日々を送るなか、天理教の方と知り合い、

「喜べないだろうが、親が得心いくまで、しっかりお世話させてもらいなさい」

と教えていただいた。それからの母は、献身的に祖母の介護にあたった。夏の暑い日には、私たちを手伝わせ、祖母をお風呂《ふろ》に入れてきれいに洗った。また、祖母は毎晩夜中に「マッサージをしてほしい」と母を起こすので、すぐに起きられるように服を着たまま寝ていた。

そんな苦労を知ってか知らずか、五人の小姑は祖母の好物を持ってきては、たらふく食べさせ、おなかをこわしても、おしめ一つ取り替えなかった。その上に、

「嫁さんはな、あごで使ったらええねん」

と、祖母に言っていたそうだ。それでも母は親身になって介護を続け、三年の月日が流れた。

ある夜、いつものように祖母が、

「おーい」

と呼ぶので、母が行くと、祖母はすでに息を引き取っていた。安らかな顔だった。その前日、祖母は母に、

「よう世話になったなぁ、ありがとう」

と言ってくれた。その言葉で、いままでの苦労が一気に吹き飛んだという。

昭和四十七年、私は布教所に嫁ぎ、主人の両親と同居した。舅《しゅうと》は息子が結婚したことに安心したのか、一カ月後に出直した。その後、姑は徐々に弱って寝たきりになり、私が介護をするようになった。

姑はおしめを替えるとき、いつも手を合わせて私を拝んだ。それが私にはつらかった。私は姑が思うほど、きれいな心で介護をしてはいなかった。むしろ、信仰しているのに、なぜこんな目に遭《あ》うのだろうと、不足に思っていた。

私は、母に愚痴《ぐち》をこぼした。すると母は言った。

「お母ちゃんがしてきたことを思ったら、たいしたことはない。しっかりお世話させてもらい。根にしっかり肥《こえ》をやり。いま、親孝行するのやで」

この言葉に、少し心が落ち着いた。

姑が寝たきりになって十カ月後の布教所の祭典日、会長様夫妻をはじめ、子どもたちや孫の見守るなか、姑は手を合わせて、最期《さいご》にゆっくりと大きくひと息ついて出直した。八十八歳、大往生《だいおうじょう》だった。会長様は「私もこんな出直し方をしたい」とおっしゃって、お礼のおさづけを取り次いでくださった。

姑が出直したころから、私は片頭痛に悩まされるようになった。なんとか神様に治していただこうと、平成十年、修養科に入った。主人は、商売が忙しいのに働き手がいなくなる、と反対したが、「入院していると思って」と言い残して、おぢばへ向かった。

二週間後、その言葉どおり、私は本当に入院してしまった。病名は、くも膜下出血。倒れた時は意識不明の重体で、瞳孔《どうこう》は開き、口から泡《あわ》を吹いていたという。すぐに教養掛の先生におさづけを取り次いでいただき、救急車で「憩《いこい》の家」へ運ばれ、集中治療室に入った。

あとで聞いた話では、手術室に運ばれる私に、娘たちがどんなに「お母さん！　お母さん！」と叫んでも、なんの反応もなく目を閉じたままだったのに、母が、

「美千代！　頑張っておいでよ。子どもがまだ、三人もいるんやからな」

と叫ぶと、私は目を開け、むくっと起き上がってうなずき、娘たちを見つめていたそうだ。その場に立ち会った人たちは、あらためて母親の偉大さに感動したという。

四時間に及ぶ手術は無事成功したものの、右半身が不随となった。不自由になった右手を見ていると、祖母のことが思い出された。中風《ちゅうぶう》だった祖母は、

「この手が動かへんねん」

と、動かなくなった手をよくたたいていた。私は手が動かなくなった時、主人が、

「その手、いままでよく使ったなぁ」

と言ってくれたので、「いまはゆっくり休んでな」と、自分の手に感謝の思いを込めて、毎日マッサージをしていた。そうするうちに次第に良くなり、すっかり回復した。

不自由だった右半身もみんなの祈りとおさづけのおかげで、たいしたリハビリもせずに歩けるようになり、四十五日目に退院することができた。この身上《みじょう》を通して、いんねんの自覚と、かしもの・かりものの理を、あらためて分からせていただいた。

現在、母は八十二歳。体のあちこちが弱ってはいるが、手押し車を押して元気に教会へ行き、みんなの幸福を願ってくれている。私の三人の娘たちも、素直にお道を信仰し、ご用に使っていただいている。

母から私へ、そして娘たちへと着実に道が続いていることを思うと、母が信仰してくれたおかげだと感じずにはいられない。そして、母と姑、二人の良き母に導かれ、私は幸福者だと心から思う。私も娘たちに、

「お母さんの子どもでよかった。ありがとう」

と言ってもらえるように頑張ります。

娘の命ぢばに託して

本条《ほんじょう》良子《りょうこ》
主婦
60歳・東京都

母は明治三十五年、東京・浅草《あさくさ》の開業医の娘として生まれました。そして、二十代の初め、縁あって同じ東京で医者をしていた父と結婚しました。

父の実家は、天理教の教会でした。母は姑《しゅうとめ》である祖母に言われるとおり、お道の信仰を始め、天理教校別科《べっか》（天理教教師養成のための修養機関。修養科の前身）へも進みました。

父と母には、子どもがなかなか授かりませんでした。ようやく姉が生まれたのは、母が三十七歳の時でした。しかし、喜びもつかの間、姉はわずか八カ月で出直してしまいました。その四年後、四十一歳で授かった待望の第二子が私でした。

ところが、その私が、もうすぐ一歳になろうという時に、急性肺炎にかかってしまいました。

命はもって二、三日だろうと、母の兄をはじめ親戚《しんせき》が医者ばかりでしたから、まず間違いのない答えでした。

伯父は母に、私のことはあきらめるようにと言いました。しかし、母はこの時、信仰の道にすがり、私をおぢばへ連れて帰る心を決めたのです。昭和十九年当時、唯一の交通手段は汽車でした。しかも戦争のさなかで、いつ空襲があるか分かりません。

お道の信仰のない伯父たちは、母が気が違ったと思ったのか、「おまえは何を考えているんだ。その天理様とやらに行って、この子がたすけてもらえるのか。行くなら、兄妹の縁を切っていけ!」と言い渡しました。それでも母の決心は変わりませんでした。母は私を抱いて汽車に乗り、おぢばへと向かいました。

母は華奢《きゃしゃ》で、体があまり強くありませんでした。とくに歯は、四十代ですでに総入れ歯になっていました。道中、母は汽車に酔って気分が悪くなり、とうとう我慢できず、窓を開けて戻しました。その時、入れ歯も落としてしまいました。きっと、おばあさんのような口もとになっていたと思います。

その様子を見かねて、近くの座席の男の人が「大丈夫ですか?」と声を掛けてくれました。偶然にも、その方は、天理教の教会長さんだったのです。母がこれまでの経緯《いきさつ》を話すと、こう言ってくださいました。

「歯を惜しいと思わないで行きなさい。歯が身代わりになってくれたのですよ。このお子さんはたすかりますよ」

母は、その言葉に勇気づけられました。

やがて、無事おぢばに到着しました。私の命もまだありました。母はすぐさま神殿へ向かい、私を抱いたまま礼拝場《らいはいじょう》にぬかずきました。

「親神様、私が子どもに縁のない者でしたら、どうか親神様の御前で、この子をお引き取りください」

そのまま時間は過ぎていき、気がつくと、夜が明けはじめていました。ふと見ると、私がお乳を飲みたそうに口を動かしています。いつしか熱も下がっていました。急いで乳房を含ませると、ぐいぐい飲みはじめました。親神様は、子を思う母の真心にご守護を下され、私に再び命をお貸しくださったのです。

それからというもの、悪いものはすべてこの時に出しきってしまったかのように、私は病気一つせず、丈夫に育ちました。車中でお世話になった会長さんとは、私が小学校の時にお会いすることができました。

「あの時の赤ちゃんですか？　こんなに大きくなって、よかったですね」

と、たいへん喜んでくださいました。

母はまた、私がたすかった時に、四十を過ぎて産んだ子どもだから一日でも長生きしてやらねばならないと、長年吸っていたタバコをやめる心を定め、以後、決して口にすることはありませんでした。そして、私の成長どころか、二人の孫が十九歳と十六歳になるまでおいていただき、八十二歳で出直しました。

◇

いまでは東京からおぢばまで、新幹線を使って四時間ほど、母が私を抱いて乗った東海道線とは路線も違います。しかし、私はおぢば帰りのたびに「母はどんな気持ちで列車に揺られていたのだろう」、本部の神殿では「どのあたりで私を抱いて祈ってくれていたのだろう」と考えずにはおれません。そして、礼拝場で拝をしながら、母の真実のおかげで、いまここにあることを、あらためて実感する時、涙が自然とあふれてくるのです。

真実の思いは必ず神様に通じる——母が身をもって示してくれたこの教えを、生涯心して、子に孫に伝えていきたいと思っています。

母が残してくれたもの

中《なか》江《え》博《ひろ》子《こ》
主婦
67歳・大阪府

江戸《えど》時代末期、父は裕福な武家の子として生まれた。大政奉還《たいせいほうかん》を経て、明治の世となり、祖父とともに大分県の故郷に入った。

父には幼いころから乳母《うば》がついて、堅いものも噛《か》みくだいて食べさせてもらっていた。乳母の手が離れた時には、何を食べても下《くだ》すほどのひ弱な子どもになっていた。

父は最高学府まで学び、その後、母と結婚した。しかし、しばらくは定職に就《つ》かず、長着を着て、長唄《ながうた》や浄瑠璃《じょうるり》をたしなむ日々を過ごしていた。

そこに、教会の初代会長からにをいが掛かった。お道の教えに感銘した父は、会長の「すべてを手放せ」との言葉に従い、持ち山や畑をはじめ、網元《あみもと》であったので浜一帯と多くの財を妹夫婦に譲った。そして、本家の前に家を建て、何も持たずに分家の身となった。

会長の言葉どおりにしたものの、父はすぐに後悔した。当時の田舎《いなか》はそうであったが、風呂《ふろ》は本家で〝もらい風呂〟であった。父にはそれが屈辱《くつじょく》だった。入信してよふぼくにはなったが、講社祭の日に会長が来ると、いつも裏からそっと出ていった。

時が経《た》つにつれ、父の後悔の念は増していった。ふだんはおとなしいが、夜、酒が入ると、

「おれのものや、返せ！」

と、本家に聞こえるような大声で怒鳴《どな》った。母がその口を押さえようとすると、今度は母に当たり散らす。火箸《ひばし》や湯飲みや茶筒など、手当たり次第投げる。それらが当たらないように、母は部屋の隅で私をかばってくれた。けれども、父に口ごたえしたり、涙を見せた母の姿は記憶にない。母は辛抱《しんぼう》していたのではなく、たんのうの人だったのか。

そんなつらい日々を送るなか、母の信仰は深まっていった。当時、家の近くに三カ所の教会があった。母は私を連れて、毎月三カ所の月次祭に参拝していた。そして、人知れず水垢離《みずごり》を取っていた。いまにして思えば、父の心が治まることを願ってのことだったのではないか。

いつのころからか、母は夕方になるとエプロンの下に何かを隠《かく》して出ていく。「どこに行くの？」と聞いても、「すぐ帰るよ」と行き先を言わない。私は気になって、ある日、母のあと

をつけた。

母は、村の守り神とされている大きな木の前で立ち止まった。その木の根元には、三味線《しゃみせん》を弾いて門付《かどづ》けをして暮らしている瞽女《ごぜ》さんが住んでいた。目の不自由なその女性は、枯れ木を集めて寝床にしていた。母はいつも、その人に食べ物を運んでいた。

また、本家に入った叔母《おば》は、四十歳を前に脳溢血《のういっけつ》で倒れ、家から離れた所にある明かりもない倉のなかで三年半も寝たきりだった。夫を事故でなくし、子どももいない叔母の世話を、母は父に隠れてしていた。

◇

父が暴れても、愚痴《ぐち》一つ言わなかった。母は口うるさく言うほうではなかった。しかし一つだけ、私の記憶に残る言葉がある。

母が、立ったままの父に着物を着せ、帯を結び、足袋《たび》を履《は》かせる光景を見ていた私に、

「あんたも大きいなったら、こうしてやりや」と。

なぜか、この言葉がいまも忘れられない。

親が子に何かを教えるとき、成人の段階に応じて、噛んで含めるように教える場合もあろう。叱咤激励《しったげきれい》しながら教える場合もあろう。私の母の残してくれたもの、それは言葉ではなく、そ

の姿であった。その時その時の母の姿が、いまでも思い出されてくる。

身ぞちぢむ　木枯らし吹くも　雲間より
こぼれ日やさし　母のぬくもり

割烹着と笑顔と

堤《つつみ》 保敏《やすとし》・「堤塾」塾長、「以和貴《いわき》」道場長

昭和21年、岐阜県生まれ。知的障害者を自宅で預かる無認可の施設を主宰。また、地域の子どもたちに剣道を通して人間教育を行っている。著書に『あわてるからあかんのやⅠ・Ⅱ』『四季の絵だより』ほか。

思い出に現れる母の顔は、いつも笑っている。だが、私のいいかげんな価値観で母の生涯をはかってみると、とても笑ってなんかいられないはずだと思えてくる。

母の生家は岐阜県の山あい、長良川《ながらがわ》の支流の津保《つぼ》川沿いにある。「関《せき》の孫六《まごろく》」で有名な刃物産業の関市から、いまなら車で十分ほどの距離だが、農業と林業のほかには、これといった地場《じば》産業のない田舎《いなか》である。

母が生まれる十八年前に濃尾《のうび》地震が起こった。おびただしい人命と貴重な財産を奪われ、人々の暮らしはたちどころに困窮《こんきゅう》の極みに達した。当時の社会状況から見て、この

震災から復興するまでには、先の阪神大震災《はんしん》の二倍も三倍もの時間を要したことだろう。母が幼くして里子《さとご》に出された一因は、直接間接に、この震災にあったと私は推測している。

母が引き取られた先は、同じ長良川の支流でも、板取川《いたどり》沿いの蕨生《わらび》という集落だった。この地は、豊かな水を利用した「美濃《みの》和紙」の生産地として栄えていた。こうした地場産業は、当地の人々の暮らしを支えるだけでなく、里子を引き取るゆとりさえ生み出していたに違いない。紙漉《す》きは、辛抱《しんぼう》強い女性の手によって支えられていたため、この地でも一人でも多くの女性の労働力を必要としていた。

「和紙で栄えた」といっても、所詮《しょせん》は人の手に頼る家内工業である。漉き手である女性たちは、冷たい水で体が冷えきることもいとわず、未明から夜遅くまで働きづめに働いた。

母は下流の集落に住む父と結ばれた。父も母もそろってお人好しで、器用な生き方ができる夫婦ではなかった。事業に失敗して、弾き出されるように私たち家族はふるさとを離れた。離れざるを得なかった原因の一つには、やはり当時の社会状況があったと思う。洋紙の普及に伴って和紙の需要は落ち込み、ちょうど地場産業にかげりが見えはじめたころだった。その地に暮らす人々を扶養《ふよう》する力が、著しく弱まったのである。越した先での暮らし向きは少しずつ楽になっていった。だが、母はいつも、どこか寂しげだった。

「ふるさとに帰りたい。蕨生に帰りたい」

これが母の口癖《くちぐせ》だった。私にしてみれば、閉鎖的で、いつも誰かの視線を感じながら生きなければならない田舎暮らしより、地方都市での生活は、はるかに開放的で快適だった。当時の私には、母の望郷の思いが理解できなかった。

私はいま、毎日が盆と正月のような満ち足りた生活を送っている。とはいうものの、何かが満たされない空虚さや、どこかに大切なものを置き忘れてきたような不安、今日の豊かさが果たして〝ほんもの〟なのかという疑問などが、常につきまとっている。なぜだろう。この謎《なぞ》解きの鍵《かぎ》が、母のぼやきだと思い込んでいた「ふるさとに帰りたい」という言葉の中に隠されていたのである。

母の生涯は苦しみの連続のように私の目には映っていたのだが、よく考えてみれば、それは「もの」がないだけの苦しさであった。里親は熱心な天理教の信者だった。父の一族も、そろってそうだった。母は、お道の教えに誠実に生きようとする人々に包まれて育った。とくに、母の境遇を思うとき、互い立て合いたすけ合う、分け隔てのないふるさとの暮らしは、とても居心地がいいものであっただろう。

そのふるさとは、川を挟《はさ》んで両側から山が迫る猫《ねこ》の額《ひたい》ほどの地に、戸数にして三十ほどの家々がへばりつくように密集し、二、三軒を除けば皆、同じ姓を名乗る小さな集落である。

その中心に、堂々とした甍《いらか》がそびえる天理教の教会があった。集落のみんなが信者といっても過言ではなく、朝づとめに始まり、夕づとめに終わるような暮らしだった。

教会の月次祭は、母が最も輝く日だった。母の〝座る場所〟が用意されていたからである。母の居場所は教会の台所だった。母はいつも真っ白な割烹着《かっぽうぎ》に身を包んで忙しく立ち働いていた。ひじきやおからを炊いて、参拝者に喜ばれるのを何よりの喜びとしていた。

「もの」に満たされれば「こころ」も満たされるはずなのに、そうはうまく行かないのが人間の度《ど》し難《がた》さである。欲にはきりがない。戦後生まれの私たちが犯した大失敗は、信仰心というものを軽く見てきたことに尽きると思う。欲を抑えて慎《つつし》みを善《よ》しとする心は、信仰によってのみ培われるからである。

「癒《い》やし」や「スローライフ」という言葉が流行《はや》りはじめている。癒やしが必要なほどギスギスしており、ゆったりとした生活のリズムを取り戻さなければならないほどセコセコしているからであろう。もはや、足元から暮らしを見つめ直さねばならないときが来ていると思うのは、私一人だけではあるまい。

うまいものを食べて、いい服を着て、立派な家に住んで、高級な車に乗る。これが果たして豊かさなのだろうか。ゆったり流れる時間、たっぷりとした空間、なんでも語り合える仲間、この〝三間《さんま》〟がそろっていることのほうが、いまの私には、はるかに豊かだと思える。母のふるさとには、きっとそんな暮らしがあったに違いない。

だから、いつも私の思い出に現れる母は、月次祭の日に割烹着姿で笑っている母なのであった。

お経がいつしか
みかぐらうたに

石《いし》後《ご》岡《おか》幸《ゆき》子《こ》

介護職
51歳・神奈川県

わが家の信仰は、母が初代です。

母は大正十一年生まれ。若くして結婚し、音楽家であった父とともに、九州の福岡から上京して、東京に住むようになりました。

母は知り合いのいない寂しさからか、それとも、もともと信心深いたちだったのか、当時、近所でにをいがけをしていた教会の会長様から、お道の話を聞くようになりました。

母は会長様のお導きで、次第に信仰を深めていきました。それは、子どもが早く出直すというわが家のいんねんを自覚し、私たち四人の子どもに、少しでも良い運命を残してやりたいという気持ちが強かったからではないかと思います。

ある時、こんなことがありました。私が妊娠中、つわりがひどくて起きることができないので、母に来てほしいと頼みました。二回ほど連絡したのですが、教会のご用があるからと断られました。口下手《くちべた》な母は、来られない理由を言い訳するでもなし、ただ、神様のご用を一生懸命につとめていれば、子どものほうはなんとかご守護いただけると、一心にもたれて通っていたのではないかと思います。

また、私の三番目の子どもが先天性の病気で、生まれてしばらく入院していたことがありました。当時、一歳と三歳の子どもを連れての面会は大変でしたので、実家が病院に近いこともあり、お世話になった時期がありました。

毎晩、子どもを寝かしつけてから十二下りをさせていただくのですが、気がつくと、母も必ず後ろで一緒に勤めてくれていました。一時はお医者様から見放されたこの子の命がつながったのは、両親が伏せ込んでくれたおかげだと思っています。

入信してからの母は、教会への日参はもとより、その往復でのにをいがけにも熱心でした。この人と思ったら、一緒に連れている私のことなど忘れて、神様の話をしていました。ある時など、話に夢中になるあまり、先方の家で夜中までお話を取り次いで、心配した父が迎えに行ったこともありました。

おつくしにも熱心で、父の仕事着の燕尾服《えんびふく》を質屋に入れてしまったこともありました。演奏会に着ていこうとして気づいた父は、あわてて母に出しに行かせたそうです。

もともと家は仏教で、よく祖母が仏壇《ぶつだん》の前でお経《きょう》を唱えていました。しかし、母の熱心な姿に心動かされた祖母は、同居していた神経を病んだ義弟のために修養科に入り、家族そろって信仰するようになりました。そして、お経はいつしか、みかぐらうたに変わっていきました。

家に布教所の看板を掛けるようになり、やがて教会となりました。初代会長には、最初は信仰に反対していた父がなりました。控《ひか》えめな母は「道の台」という言葉にぴったりの、陰で支える立場に徹していました。そんな母の信仰を見て育った私たちは、反発することもなく、素直についていったように思います。

いま思うと、小さな子ども四人と姑《しゅうとめ》、小舅《こじゅうと》の世話とにをいがけで、大変な毎日だったでしょうが、母の口から不満や愚痴《ぐち》を聞いたことはありませんでした。私たちが悪いことをしても叱《しか》ることなく、かえって「私がいけなかった」と、たんのうして通っていたように思います。

私には三人の子どもがいますが、母のように叱らないで育てることはとてもむずかしく、反省する毎日です。

父は七十三歳の時、脳梗塞《のうこうそく》で倒れ、入院しました。母は毎日病院へ通っていましたが、看病疲れから倒れ、半年後に出直しました。四十日間意識がないまま入院していたのですが、その間、私たちに少しずつ、心の準備をさせてくれたのだと思います。

父もそれから六年後、「ねがはくは　花の下にて春死なん　そのきさらぎのもちづきのころ」の西行《さいぎょう》の歌のごとく、花の香りが漂う病室で、子どもや多くの孫たちに囲まれて出直していきました。

心の支えだった両親がいなくなって、最近つくづく思うのは、二人が一生懸命お道を通ってくれたおかげで、私たちはいま、幸せに生活させてもらっているということです。いまの暮らしに甘んじることなく、これからは母に安心してもらえるように、私がしっかり、この教えを子どもたちに伝えていきたいと思っています。

雨中のてをどり

宇佐美正治《うさみしょうじ》
教会長
73歳・神奈川県

忘れてもまた忘れても忘れても　忘れてならぬ事があるなり（古歌）

手元に、古びたナイロン製のショルダーバッグがある。部屋で仕事をしている時、車で出かける時、毎月のおぢばがえりの時、いつも私のそばにいてくれる大事なセカンドバッグである。昭和六十年七月、胆石症《たんせきしょう》のご守護を頂いた往年の別科《べっか》出身の母・よしゑが、再度修養科五三一期に志願した時、三カ月間使った形見の品だ。このバッグには、雑多な中身に交じって見かけによらぬ貴重な宝物が入っている。便利・重宝この上ない。だからいつも手離せない。

さて、母のことである。私は昭和二十三年、学制改革により新制天理高校二年生になる春四月、これから始まる男女共学に、戸惑いと心弾む期待感に揺れながら、小田原《おだわら》駅からおぢばへの夜汽車の客となった。そして車中で発病し、腹部のあまりの痛みにたまりかね、夜明けの浜《はま》松《まつ》駅に途中下車した。このことは、道友社刊『教祖《おやさま》と私』に掲載された。その余談である。

あの時、流行性脳脊髄膜炎《のうせきずいまくえん》で、四二度の高熱が乱高下《らんこうげ》し、医師から「あと二、三時間の命、生存率は五分五分、もし生き残っても高熱のために後遺症が残ってしまう」と宣告された。父はおさづけを取り次ぎ、万が一に備えて教会に帰った。葬儀の支度をするために。

教会には、五人の姉と妹がなけなしの小遣いをはたいて、神前に供え祈ってくれていた。母は、生死の淵《ふち》をさまよう一人息子の枕元《まくらもと》に残った。


子の病気何もできない私です（毎日万能川柳）

おさづけを取り次ぐしかなかった。

「親神様がついていてくださる。教祖が見守っていてくださる。この子を将来、教会長にするために、親神様が絶対出直しさせるわけがない……」

しかし、人間思案は押し寄せ、か弱い母の足元をすくう。ただ一人で、危篤《きとく》のわが子の枕元に座っているだけの不安感、空虚感。

いたたまれず、外に出た。雨が降っていた。その日は四月十八日。おぢばでは教祖誕生祭が執行されている日である。だが、戦後間もないころのこと、四十歳の母にとっては、自転車でおたすけに明け暮れる父の留守を守り、五人の食べ盛りの子どもたちに食べさせ、学ばせ、育てることのみが最大の責務だった。そんな母にとって、教祖誕生祭参拝は夢のまた夢であり、おぢばは遠い遥《はる》かな憧《あこが》れの地であったろう。実際、会長の父でさえ、大祭月に帰参するのが精いっぱいだった。それすらかなわぬ戦後の混沌《こんとん》の時代だったといえよう。

雨が降っている。暗い陰鬱《いんうつ》な空から、ショボショボと降っている。雨を避けて軒下に立った。窓越しに病室をのぞくと、息子はまだ息をしているらしい。

気がつくと、みかぐらうたを唱え、お手を振っていた。教祖を信じ祈りつつも、現実に命旦《めいたん》夕《せき》に迫っているわが息子、混沌の胸中をひと時でも澄ませてくれるのは、おてふりだけだった。

ひとがなにごといはうとも
かみがみているきをしずめ　　（四下り目　一ッ）
ふたりのこゝろををさめいよ
なにかのことをもあらはれる　　（四下り目　二ッ）
なんぎするのもこゝろから
わがみうらみであるほどに　　（十下り目　七ッ）

雨雲に向かって、天を仰ぎ、小声で唱え、てをどりをした。夢中だった。

由来、祈りのかたちには、座る、立つ、ひれ伏すなど、静止の姿で祈念するものが多い。しかし、口に唱え、心に念じつつ、立って踊る「てをどり」という具象《ぐしょう》で表現されたみかぐらうたは、動と静を併せ持つ、なんと素晴らしい祈りの姿なのだろうか。

「あのときは、みかぐらうたしかなかった」

後年、述懐した母の言葉が耳に残っている。

その三日後、熱は下がり、私の命はこの世に踏みとどまった。医師の宣告のごとく、言葉の発音すらできない重い言語障害と、左ひざ損傷が後遺症となったが、薄紙をはぐようにご守護を頂いた。命日になったかもしれない四月十八日は、私の生まれ変わりの日となった。

青春を生命得し街浜松を　忘れざるなり生かさるる不思議

十八歳、危篤の息子の病室の外での、雨中のみかぐらうた、そして、私の座右《ざゆう》にいつもある母の形見のセカンドバッグ。無いはずの生命をつないでいただいた私は、もう古希《こき》を過ぎたが、亡き父母の傘《かさ》の下でずっと生きてきた。遠くなった数々の思い出は、蘇《よみがえ》ればいつも新しく、「元一日を忘れるなよ」と、私を叱咤《しった》する。

「お母さん、あなたからもらったものは数多く、返せるものは、とても少ない」

（『日本一短い「母」への手紙』より）

「ありがたいことやで」

柴田笑子《しばたえみこ》

リフォーム洋服縫製業
76歳・兵庫県

母は明治三十一年、愛知県豊橋《とよはし》市に生まれました。当時、母の実家の周辺は仏教が根強く、天理教の教会は一つもありませんでした。祖父母もまた、熱心な仏教徒で、母はそのなかで育《はぐく》まれました。

母は二十四歳の時、大阪で縫製《ほうせい》業を営む父と結婚しました。そして、私が生まれました。天理教と出合ったのは昭和二年のこと。当時二歳だった私の右目が、突然見えなくなってしまったのがきっかけでした。

お医者さんからは、完治しないどころか、「いずれ、義眼にしなければならないだろう」と言われたそうです。なすすべもなく途方に暮れている時に、同じ長屋に住む焼き芋《いも》屋のおばあさんから、「一度、天理教の話を聞いてみたら」と声をかけられました。

しかし、仏教を熱心に信仰する家庭に育った母には、そんな聞いたこともない宗教を信じる気はありませんでした。それでも、おばあさんは、繰り返し繰り返し、教会へ一度行くよう、勧めにやって来ました。母はあまりのしつこさに嫌気《いやけ》が差して、私を連れてしばらく友人の家に身を隠《かく》すことにしました。

数日経《た》ったある日の夜、母はそろそろ家に帰ろうと思って友人の家を出ました。と、その目の前を、あのおばあさんが通りかかったのです。

「ちょうどよかった。いまから神様の話を聞きにいこう」

なんと、友人の家は、教会の六軒隣りだったのです。母は観念しました。

初めて聞くお道の話に、母は強い感銘を受けました。そして、私の目におさづけを取り次いでいただきました。すると、目から膿《うみ》があふれ出しました。母はそれをきっかけに、私の目をたすけていただきたい一心から、教会へ足を運ぶようになりました。

実家の両親は大反対で、揚《あ》げ句《く》の果てに勘当《かんどう》されてしまいました。しかし、母の心は変わりませんでした。家には神実様《かんざね》を祀《まつ》り、教会までの一時間ほどの道のりを、毎夜、私を背負って通いつづけました。やがて、私の目はご守護を頂き、母の信仰は一段と燃え盛っていきました。

そんな母の口ぐせは、「ありがたいことやで。喜びや」でした。

昭和七年、私が七歳になったころのことです。当時、世の中は次第に不景気になり、家の縫製業も振るわず、お金の回りも悪くなってきました。

母は教会の月次祭の前日になると、いつも風呂敷《ふろしき》包みを持って、いそいそと出かけていきました。不思議に思った私は、ある時、あとをつけました。すると母は、ある家に入っていきました。その家には看板があって、『シチ』と書いてありました。

『シチ』とはなんだろうと思って、明くる日、学校の友だちに尋ねると、

「うちのお母ちゃんも、よう行ってるで。あそこに行った日の夕ごはんは、ちょっとごちそうが食べられるんや。うち、そやからあの店好きやねん」

と教えてくれました。わが家は違う、と私は思いました。

「うちのお母ちゃんは、袋にお金を入れて教会の神様に持っていきはる」

母になぜそうするのかと尋ねても、いつでも、

「ありがたいことや」

としか、答えは返ってきませんでした。

また、私が働くようになってからのことです。母はある日、私がコツコツと貯《た》めて楽しみに

していた積立貯金を、満期になったら全部お供えするようにと言いました。

「本当にありがたいことやで。喜びや。おまえは目が見えるやろ。これは親神様のご守護のおかげやで。喜びや」

初めは「そんなこと……」と、腹立たしく思えました。でも、もし失明したままであれば、青春の楽しみも、いまの自分の姿もなかった。そう考えると、お供えは親神様に日々元気においていただく〝元気料〟と思えるようになりました。


「信仰はつくしはこびが第一や。日々喜んで通らせてもらうことや。笑顔を忘れたらあかんで」

「いつも心に錦《にしき》を飾って、心低く働くことや」

「神様は見抜き見通し。夜中に起きて思うたこともみんなご存じやから、いつも正直に心正しく通るんやで」

母の言葉はどれも厳しかったけれど、万に一つの狂いもなく、いまも私のなかに生きています。私は現在、七十六歳になりますが、お道のご用を元気に勇んでつとめさせていただいています。心勇めば体も元気はつらつで、ひのきしんに行くときも喜びいっぱいです。これもすべて、母のおかげです。お母ちゃん、本当にありがとう。いつまでも見守ってくださいね。

「素直な心で通りなさいよ」

長《なが》坂《さか》春《はる》子《こ》
教会長夫人
57歳・愛知県

明治四十二年生まれの母は、満九十三歳で天寿をまっとうしました。晩年は、瀬戸内海を望む高台の家で、静かに余生を過ごしていました。

最後まで、自分のことは何とか自分でしていました。朝夕は、手すりを伝って、ゆっくり歩いて神様の部屋に行き、「日々のおつとめ大事」とつとめていました。耳はずいぶん遠くなっていましたが、新聞や本を読むこと、字を書くことはできました。月に一度は、私に便りをくれました。いつかの便りに、こんなことが書いてありました。

「若いとき、夫の転勤で中国大陸に渡り、奉天《ほうてん》や青島《チンタオ》にも住んでいろいろな世界を見ることができたし、そして親のおかげで、このお道の信仰ができて、私の人生は幸せな一生でした」

母の実家は、母が物心ついたころには、お道を信仰していました。祖父の鼻の下に、面疔《めんちょう》というできものができたのがきっかけでした。当時、このできものは命取りになるといわれていました。それを、近くの教会の初代会長様にたすけられ、入信しました。

両親、とくに祖母がたすけていただいたご恩を忘れず、毎日教会へ運び、お道のご用をつとめる姿を見て、母も素直についていったとのことです。

◇

私は昭和二十年十一月、青島で生まれました。敗戦により、すぐに日本に引き揚げなくてはならない時でした。生後一カ月半の私は、母の背に負われ、兄姉たちは親の手をしっかりと握り、命からがら父の故郷の四国・松山《まつやま》へ帰ってきました。しかし、松山の地も焦土《しょうど》と化しており、私たち家族六人は、かろうじて焼け残った道後《どうご》の母の里へ落ち着きました。

父はもともと体が弱かったのですが、その後、肺を患い、昭和二十六年、四十三歳で出直しました。母が四十一歳の時でした。

母子家庭となりましたが、私たちきょうだいは、母のおかげで寂しい思いをしませんでした。

母は、音楽のとても好きな人でした。朝は母の美しい歌声が聞こえてきます。夜は母の弾くオルガンに合わせてきょうだいそろっての合唱です。とても明るい家庭でした。

教会へは、小さいころから母に連れられてお参りに行きました。また、毎日決まった時間に会長様がわが家に来られ、神様の話をしてくださいました。

◇

私は末っ子のわがまま娘です。冬になるといつも、じんましんが出ていました。

中学三年の冬のある晩のこと、母が私の高校入学の祝いに時計を買ってやろうと言いました。「はい、ありがとう」と素直に言えばいいものを、あまのじゃくの私は「いらない」と返事をしました。すると、おなかに小さな赤い点がポツンとできたかと思うと、見る見るうちに一面、世界地図のようになりました。

いつもは優しい母の顔が、急に厳しくなりました。

「春子に何を言っても、返事はいつもイヤ。なぜ素直に『はい』と言えないの！　素直な心になって、『はい、ありがとう』と言いなさい。教祖《おやさま》は、素直な心がお好きなのです！」

驚いた私は、「はい、買ってもらいます」と返事をしました。母はいつもの優しい顔に戻ると、おさづけを取り次いでくれました。

その日を限りに、あのかゆくてたまらなかったじんましんは、今日まで一度も出ることはありません。あの時、おさづけの素晴らしさ、尊さを身をもって知りました。

◇

私は、縁あって教会へ嫁ぐことになりました。母は、

「親には素直な心で、主人には低い心で、子どもには優しい心で日々通りなさい」

と諭《さと》して送り出してくれました。私は母のこの言葉を胸に、届かぬながらも日々ご用をつとめさせていただいています。


母が出直す四カ月ほど前、久しぶりに娘二人を連れて里帰りしました。母は大層喜んで、娘の顔を代わる代わる見ながら、こう言いました。

「現在の幸せは、あなたたちのひいおばあさんがたすけていただいた元一日のご恩を忘れず、神様に日々心をつないできたからです。その道を、私も続いて今日まで通らせていただいているそのおかげ。どうか、あなたたちも、親々の信仰の元一日のご恩を忘れずに、この道を素直に歩んでいってほしいの」


母亡きいま、この言葉を胸に、日々の神様のご恩を忘れることなく、素直な心でご用をつとめさせていただき、子どもたちに、信仰のありがたさをしっかり伝えていかなくてはならないと心に誓っています。

「母の思い出」二題

今中孝信《いまなかたかのぶ》・天理よろづ相談所病院「憩の家」元副院長

昭和11年、兵庫県生まれ。「憩の家」が日本で初めて導入した総合診療の発展にその責任者として尽力。著書に『健康に生き 健康に病み 健康に死ぬ』（道友社）、『レジデント初期研修マニュアル』（医学書院）など。

「べっちょない」

幼いころの母の思い出で、真っ先に頭に浮かぶのは、遊んでいて転んだり、木から落ちたりして、べそをかいて家に戻ったときのことです。

「痛い、痛い」

「どこどこ?」

私が指差すところに、母は「ハァー、ハァー」と熱い息を吹きかけてくれました。血がにじんでいるときは、舌で舐《な》めてくれました。それでも私が泣きやまないと、御供《ごく》さんの包み紙をちぎって貼《は》ってくれるのです。

「これで、べっちょない（方言で「別條《べつじょう》ない」「別に異常ない」の意）」

母にそう言われると、不思議と安心したものです。

これくらいのことは、お道の家庭ならどこにでもあることかもしれません。しかし、母は徹底していました。私がどんな大けがをしても、お医者さんに任せることはなかったのです。たとえば、私の頭には、丸刈りにするとよく分かるのですが、骨が陥没しているところがあります。小さいときに、近所の友だちと家の二階で遊んでいて、降りるときに後ろから押され、〝脳天逆《さか》落とし〟状態で転落したときにできたものです。幼いときのことであり、意識も失っていましたから、記憶は定かでありませんが、病院に行った覚えはありません。

ほかにも、校庭で遊んでいて、平行棒が指の上に落ちてきて右手の薬指の先がちぎれたときや、工作をしていて鉈《なた》で誤って腕を深く切ってしまったときでさえ、母は私を病院に連れていかず、親神様にお願いして、自然治癒《ちゆ》に任せていました。

母はいつも、不安な気持ちを少しも見せなかったので、私も幼心に大丈夫なんだと思って、必要以上に心配することもなく、それが当然のように過ごしてきました。

しかし、成長してからは、そうはいきませんでした。大学の医学部に入ってからのことです。毎日のハードスケジュールがたたってか、胃の調子がおかしくなりました。すっきりしない症状が気にかかり、財布は忘れても胃薬はどこへでも持ち歩くようになりました。胃に良いといわれることは何でも試してみましたが、効果はありませんでした。

食べ物も、これは消化が悪い、これは刺激が強いなどと言っては選《よ》り好みをし、気にするあまり、最後には食べられるものがほとんどなくなって、頬《ほお》はこけ、目だけギョロギョロさせていました。

その様子を見かねた母が、ある日、私にこう言いました。

「そんな胃薬を、なんぼ飲んでも良くならん。お前は人の言うことが聞けない。だから、胃が悪くなるのだ。人さまのおっしゃることは、ひとまず聞くこと。そして、そのまま飲み込みなさい」

母の言葉は、不思議にもスッと私の心に治まりました。そして、この言葉を守って過ごすうちに、あれだけ苦しんだのが嘘《うそ》のように胃の調子は良くなり、何でも食べられるようになったのです。

母のこのひと言は、胃の状態だけでなく、その後の私の生き方も変えてくれました。

質素倹約

母のことで、もう一つ忘れられないのは、親神様のご恩を大切にした徹底的な質素倹約ぶりです。

小学六年生の修学旅行のときです。行き先は、明石《あかし》の水族館でした。ところが、出発を明日に控《ひか》え、私には履《は》いていく靴がありませんでした。当時は、自分で編んだ草履《ぞうり》を履いて学校に通っていたのです。

一計を案じた母は、近くの河原へ行って、捨ててあった左右がよく似た運動靴を拾ってきました。そして、たわしにせっけんを付けて、ごしごし洗いだしました。乾かしてみると、真っ黒だった靴が、わりあい白く見えます。

「ああ、いい靴ができた。これを履いていけ」

満面の笑みを浮かべながら、そう言って送り出してくれたことが、いまでも鮮やかに思い出されます。

また、ふだんの食事もつましいもので、私たちはいつも腹を空《す》かせていました。月次祭の日だけ、まぜご飯が腹いっぱい食べられるのは感激でした。

このごはんが残ると、教会の者があとで食べるのですが、夏場など、すぐにいたんでしまいます。こんなときも、母は「もったいない」と言って、絶対に捨てませんでした。ぷんぷん匂《にお》いがしていても水で洗い、ぱさぱさになったご飯も食べていました。

その後、世の中が豊かになり、食べ物に不自由しなくなりましたが、母は相変わらず食べ物を残しませんでした。そんなふうですから、年を取ってから太りだしました。

あるとき、頭痛や動悸《どうき》が時折するからと、珍しく私に「診《み》てくれるか」と言いました。血圧を測ると、高血圧です。そこで、血圧を下げる薬を飲んでもらうようにしましたが、すぐに「もういらん」と言ってやめてしまいました。その後、ずいぶん長生きをしましたが、最後は脳出血のため七十六歳で亡くなりました。

脳出血は高血圧が原因ですから、たとえ本人が嫌《いや》がっても、医師の私が食事を制限したり、薬を飲ませたりして血圧の管理をきちんとしていれば、母はさらに長生きしたかもしれません。しかし、私はそうしようとは思いませんでした。

人はだれでも、必ず出直します。いかに長く生きたかより、与えられた寿命をいかにその人らしく生きたかが大切だと思うのです。

「もったいない、もったいない」

と言いながら、常に親神様のご恩を胸に、物を無駄《むだ》にすることなく生き続けた母の姿は、まさに母らしい素晴らしいものだったと思っています。

私は紙がなかなか捨てられません。買い物でもらうレシートでも、手帳に挟《はさ》んでおいてメモ用紙にしています。紙に限らず、どんなものでも、まだ使えるうちは捨てる気になれないのです。そんな自分に気づくとき、母は私たちのなかで生きていると感じます。自らの信念を貫き通した人生だったからこそ、その精神が、いまも私たちに息づいているのだと思います。

死んで花実が咲くものか

三《み》浦《うら》やよゑ

主婦
78歳・青森県

九十二歳で天寿をまっとうした母が出直して、はや十四年が経《た》ちました。

「私がいままでこうしてこられたのも、みんな親神様、教祖《おやさま》におもたれしてきたおかげだよ」

と、ただひたすらにお礼を申して、母は逝《い》きました。

母・りゑは明治三十二年、布教師・齋藤常太郎《さいとうつねたろう》の長女として、青森県西部の稲垣《いながき》村に生まれました。祖父の常太郎は、肺結核をご守護いただいた喜びを胸に、夏は水分補給用の生瓜《なまうり》を腰に下げ、冬は藁靴《わらぐつ》をはいて雪のなかもいとわず、往復二五キロもの道程《みちのり》を、一日も休むことなくおたすけに歩きつづけました。その歩みから、のちに十六カ所の部内教会を有する水元《みづもと》分教会が誕生しました。

「親神様、教祖にもたれ、そして父を常に頼りにして、通らせていただいた」

病弱な夫を支え、七人の子どもを育てながら、喜び勇んで通る母の姿を見て、私は成長しました。

◇

時代は下って昭和二十五年、私は結婚して一児の母となっていました。一歳八カ月になる長女は、小児マヒで足が不自由でした。

その冬、待望の長男が誕生しました。ところが、喜びもつかの間、突然、夫から離婚を迫られたのです。それは、夫が家に立ち寄らない日が半月以上続いたある夜のことでした。玄関の引き戸を荒々しく開け、夫が血相を変えて家のなかに入ってきました。そして、立ち上がれない娘を抱き上げ、

「この子は俺《おれ》が育てる。だから、いますぐ別れてくれ」

と言いました。

「かわいい子どものためにも、あなたを失いたくない。どうか、訳を聞かせてください」

必死にすがる私の手を強く振り払い、

「うんと言ってくれるまで、何度でも来る」

と言い残し、夫は暗闇《くらやみ》に消えていきました。

その日から、待てど暮らせど、夫は姿を見せませんでした。別の女性のもとへ行ってしまったことを、あとになって知りました。

夫からの連絡もなく、一カ月ほど経《た》ったある夜、私は娘をおぶって家を出ました。冬空には月が輝き、風もない静かな夜でした。街を流れる川に掛かる橋の上に私は立ちました。

「おまえも母さんも、この世では幸せになれない運命よね。二人で生まれ変わってこようね」

事の重大さを知らない背中の娘は、左足をばたつかせて「うん、うん」と、うなずきました。

その時、突然、母の声が聞こえてきました。その声は初め小さく、徐々に大きくなり、最後には怒鳴《どな》り声となりました。思わず後ろを振り向くと、見知らぬ男性が立っていました。

「何しているの。こんな時間に」

「少し散歩を」

男性は怪訝《けげん》そうな顔をして行ってしまいました。

母の声は、なおも私の心に響いてきます。

「やよゑ、死んでどうなるの！　死んで花実が咲くものじゃない。何が何でも生きるんだ、生きるんだよ！」

その時、「母さん、寒いよ」と、背中の娘が肩をたたきました。私は我《われ》に返りました。私は同じ橋の上に三度立ちました。そのたびに、必ず母の声が聞こえてきました。その声がいつも、私たち親子の命をたすけてくれました。

「おまえたちが死んだら、向こうさま二人は手をたたいて喜ぶだけだよ。強く生きて見返してやらねば。私もおまえとともに、二人のかわいい孫を守ってあげるからね。人間の力は弱いもの。でも、真の心は強い。必ず親神様、教祖が守ってくださるよ。成ってくるのは天の理。前生《ぜんしょう》のいんねんさんげの心を定めて、素直な心で子育てをするんだよ！」

私は母の勧めにより、その年の四月、修養科に入りました。乳《ち》飲み子を連れての三カ月は、私を成人させてくれました。

あの日から五十二年、私は再婚して二人の子を産みました。あの時、背中で「寒いよ」と言った娘は同窓生の歯科医師と結婚して四人の子の母となり、息子は八戸《はちのへ》大学の教授となり、三人の子の父となりました。二人とも、あの悲しい日々がまるでなかったかのように大きく成長してくれました。すべては親神様、教祖、そして母のおかげと、幸せに涙するばかりです。

「死んで花実が咲くものじゃない」

あの日の母の声が、いまも私の耳に聞こえてきます。

信念の人

木戸祖代《きどもとよ》

布教所長
75歳・カナダ

「神饌所《しんせんじょ》、洗《あろ》といてくれよ」

母がおたすけに出かける前に、毎日、私に言いつけるご用であった。小学校低学年の夏休み、友達はみんな海へ泳ぎに行くが、私は弟の子守《こもり》。

「寝たら、蚊帳《かや》忘れんように」

と、母はつけ加えて出ていく。やっと寝かしつけて海へ行こうとすると、「ワーン」と弟の泣き声。海に心を残しつつ、教会の石段をかけ戻る。母の言いつけを思い出し、弟を泣きやませて神饌所を片づける。そのあと、おしめを洗うために川へ行く。

なんといっても、九人兄弟の長女である私は、母にとってよく間に合う存在であったらしい。

私はいま、カナダのバンクーバーに住み、週二、三回はプールへ泳ぎに行く。帰り時間を気にせずゆっくりと泳げるのは、あのころ遊びたいのを我慢して、母のおたすけを陰で少しでも手伝ったからではないかと思っている。

兄弟のうち、二人は出直し、現在は七人となったが、実に仲良しで陽気づくめそのもの。母の底抜けの明るさを、皆がもらっているからだ。

先日も、甥《おい》の結婚披露パーティーに、兄弟全員で阿波《あわ》踊りや鞆浦《ともうら》のヤートセ音頭をやって、会場を大いに盛り上げた。その時、ふと、父のお通夜《つや》で母が踊った姿を思い出した。大勢集まってくれた人々の前で、母は、父が大好きだった炭坑節《たんこうぶし》を踊った。出直しを悲しむより、来生《らいせい》への新たな出発を祝う母の信仰信念であったように思われる。

母の信念は、私の結婚にも大きな影響を与えた。昭和四十一年、二代真柱《しんばしら》様のご英断で「憩《いこい》の家」が設立され、そのなかに世話部結婚相談所ができた。

当時、徳島教区の修理人であった植谷《うえたに》雄太郎《ゆうたろう》先生が教会に来られた時、私がまだ結婚していないことを知って「それなら世話部に申し込んだらいい」と言ってくださった。私も両親も、その時は気にも留めていなかった。

その数カ月後、母はおぢば帰りをして、教祖殿で植谷先生とばったり出会った。

「もう、申し込まれましたか？」

母は先生の言葉を「教祖《おやさま》から頂いた言葉」と受けとめ、そのまま「憩の家」に走って申し込み用紙をもらい、炊事本部でひのきしん中の私のところにやって来た。

私は数日前に見た夢を思い出した。二代真柱様が現れて「今度帰ったら、よいものをあげますから、取りに来なさい」とおっしゃった。「よいもの」とはこのことかと、翌日、世話部へ申し込み、日系二世のカナダ人、木戸一夫《かずお》との縁談が整ったのである。

私は当時三十九歳。それまでは、いろいろ縁談があっても、どこ吹く風でやり過ごしていたが、ご存命の教祖ひと筋にかける母の思いが、私の心を決めさせたのである。夢に知らせていただいたのは、おぢばならではのことと、三十五年前の出来事が昨日のことのように思い出される。

先般、真柱様よりご発布いただいた『諭達《ゆたつ》第二号』の「成人とはをやの思いに近づく歩みである」とのお言葉のように、母を通じて親神様、教祖につながり、わが子へと伝わっていくものと信じている。

いま、息子は結婚し、イタリアのミラノで経済学の勉強をしているが、嫁とともに、私の春秋のおぢば帰りの諸経費を受け持ち、親の思いを立ててくれている。これも昔、母の思いに沿い、届かぬながらもつとめさせていただいたおかげかと思う。

このように、親が子となり子が親となる生まれ変わり出変わりの世において、教会に生まれ、小さい時から信仰熱心な人々に見守られ育てられてきた私は、なんという幸せ者であろうか。今後、大いにご恩報じに努めきらせていただくことが、日々の私の歩みであり、後継者への配慮でもあろう。

私が渡加する日に、母はひと言、

「おまえは、よう間に合《お》うた」

と、ねぎらいの言葉をくれた。徳島の海部《かいふ》駅のホームから笑顔で手を振る母の姿とともに、いまでも鮮明に脳裏に蘇《よみが》える。

母は、カナダへたくさんの手紙を送ってくれた。どの手紙にも母の温かい思いが込められている。一度、全部まとめて読んでみたいと思っている。

母が出直して、はや十八年が経《た》った。母の霊様《みたま》は、きっと変わらぬ誠真実の心で、この一文を読んでくれていることだろう。

陰から支え続けた生涯

楓《かえで》 芳雄《よしお》
教会長
56歳・大阪府

私にとって、母は父でもありました。事情があって父とは生き別れ、私は満二歳から母の細腕一本で育てられました。母はしつけにはたいへん厳しい人で、私はいつも叱《しか》られ、泣きじゃくっていました。それでも「お母ちゃん、お母ちゃん」と叫びながらすがりついた母の胸元や膝《ひざ》は、とても温かいものでした。

私が十九歳で就職するまで、わが家の生活は、貧乏を絵に描《か》いたようなものでした。しかし母は少しも卑下《ひげ》することなく、堂々と世渡りをしていました。たくましい生き方の裏には、天理教の教えに基づいた信念があったのだと思います。

私が小学生になった春、借家のわが家に突然、教会の神様がおいでになりました。第二次大戦中、疎開道路（空襲による火災の拡大を防ぐための防火帯）を造るために立ち退《の》きを余儀なくされ、その後、手狭な所に仮移転していたとのことでした。

当時、家には、私と母と祖父母の四人が住んでいました。母は「いずれ教会を新築したら、お遷《うつ》りいただくのだから」と言って、不安がる祖父母を説得し、床の間と押し入れの半分を改造して、神様をお鎮《しず》めしてしまいました。そして、少しでも参拝場を広げようと、母と私は近所に間借りして暮らすことになりました。

それからは、教会となったわが家への日参が始まりました。母は両親に尽くしきり、陰から支えていました。

◇

昭和三十七年、私は天理高校第二部（農事部）に入学しました。その年の冬、祖父が教会長に就任することになりました。母はこのときも「辞退したい」と言う祖父を、「周りの者がしっかり手助けするから、心配しないで」と言って安心させ、納得させてしまいました。そして、天理で高校生活を送る私には、わが家のいんねんを自覚して、後継者としておぢばでしっかり努めるよう励ましてくれました。

私が天理で高校生活を送るに当たり、母は周囲の人から「母一人子一人のなかから、よう手放して出さはったなぁ」と言われたそうです。母が決心したのは、大教会の当時の奥様から、「この子を大阪の学校に入れたら、甘やかして将来お道を通らんようになる。つらいようやけど、体も弱いことやし、四年間おぢばの学校で仕込んでもろたら、その後は結構になるよ」と、親心あふれるお言葉を頂いたからでした。

私は十九歳の春、教祖《おやさま》八十年祭が勤められた年に、天理高校を卒業し、地元の消防署に就職しました。新しい環境での団体生活、階級制、先輩後輩の関係など、むずかしいことが多かったのですが、天理での四年間の寮生活の経験が生かされました。採用試験の面接で、家が天理教の教会であることを堂々と言うことができたのも、親々の信仰のおかげでした。

初任給を袋のまま母に渡すことができたのは、何よりの喜びでした。母は深々と頭を下げて受け取り、神様にお供えしてくれました。あの感激は、いまも忘れられません。

◇

私が三十歳を迎えた日、大教会の役員先生からお見合いの話がありました。私の結婚についての母の思い入れは、並大抵ではないようでしたが、ただひと言、

「両親が布教熱心で通っている人の娘さんなら……」

と言ってくれました。その年の大教会の春季大祭のあと、役員先生のお宅でお見合いをし、交際が続いて、春四月には、理想どおりの娘さんがわが家に来てくれました。

それから三年後の冬、祖父が八十四歳で出直しました。後継者としてお育ていただいた私は、職を辞して後を継ぎました。以後、母は主婦の座を家内に譲り、陰から支える人となりました。私たちが大きな節《ふし》にぶつかったときには適切な言葉をかけてくれ、周りの人々に心を配り、教会の大きな支えとなってくれました。

◇

私たち夫婦が銀婚式を迎えた初夏の日に、母は一夜の患いで八十四年の生涯を終えました。その一年ほど前に、信者さんたちの真実で、真新しい教会が完成しました。普請《ふしん》に当たり、母のこれまでの苦労を知る信者さんたちは「ぜひとも、お母さんの部屋を」と、母の部屋を設けてくださいました。母はそこで八カ月余りを過ごさせていただくことができました。

母は生涯、縁の下の力持ちの存在でした。私は、そんな母の子どもであることを誇りに生きていこうと思っています。

来生は孫の子どもに

和田與子《わだよこ》

前教会長夫人
67歳・北海道

母は明治三十年、新潟県小栗山《こぐりやま》の片田舎《かたいなか》の、仏教を熱心に信仰する家庭に生まれました。檀《だん》那《な》寺《でら》は山のなかにあり、尼《あま》さんが一人で住んでいました。

母が八歳の時のこと、ある日、両親が、

「尼さんのところへ、どの子か一人差しあげよう」

と話しているのを聞き、

「私が行く」

と、自分から言い出したそうです。母は家で子守《こもり》ばかりしていたので、学校へ行きたかったからです。

寺に置いてもらううちに般若心経《はんにゃしんぎょう》を覚え、かわいがられて過ごしましたが、尼さんが体を壊し、二年後、やむなく家に戻されました。戻ってからは、また子守と、脳卒中《のうそっちゅう》で寝たきりの祖母の面倒を見て過ごし、十五歳のころに、今度は群馬県の草津《くさつ》に住む伯父《おじ》の家へ養女に出されました。

ところが十八歳のころ、ひと晩で腰の痛みから立ち上がれなくなり、右足が不自由となりました。温泉治療をはじめ、あらゆる治療を施しても効果はなく、二十一歳の時、実家に帰されました。

こうなっては自分で身を立てていくしかないと、お針を習い、一人前になったころ、北海道に住む叔父《おじ》の紹介で、北海道の人と結婚しました。しかし、十八歳の時の患いがもとで女のつとめができず、離縁されることになりました。

度重なる不幸に、母は死を決意し、皆が寝静まってから、近くを走る列車に身を投げようと考えました。その様子に気づいた叔父は、母を近くの天理教の布教所に連れていきました。初めて聞く教祖《おやさま》の五十年のひながたの道中や、かしもの・かりものの話は、切羽《せっぱ》詰まった母の心に染《し》み入りました。

「教祖は人をたすけるためにご苦労くださった。それに比べ、私の苦労はわが身かわいいためであった」

母は冬着一枚を残してすべてをお供えし、お道を通る心を定めました。おぢばへの思いは募り、やがて教校別科《べっか》に入学しました。

おぢばから北海道に戻ると、「教会に嫁に行かないか?」という話が持ち上がりました。

「私は女のつとめができない身の上です」

「できなくてもいい。神様のご用を手伝ってくれれば」

この言葉に感じ入って、父のもとへ嫁ぎました。そして三十歳になったころ、いつの間にかご守護を頂き、夫婦のつとめもできるようになりました。そのころ、教会役員の子であった私が、養女に入りました。

◇

母は、おたすけによく回りました。辺りは農村地帯なので、人々が畑から戻る夕方に出かけていきました。小学生だった私は、母が伺《うかが》うお宅がだいたい分かるので、いつも迎えに行っていました。

私は出窓の下に隠《かく》れて待ちます。耳を澄ますと母の声が聞こえてきます。「さようなら」のあいさつが聞こえると、家の玄関から少し離れて待ちます。母は私の姿を見つけて喜びます。そして、「いい杖《つえ》ができた」と、私の左肩につかまって、一緒に歩いて帰るのです。

母を待つのは、夏はいいのですが、冬は大変でした。手足が冷えて感覚がなくなるのです。でも、帰り道、母は私のかじかんだ手にハーハーと息をかけて優しく温めてくれました。

私は学校でよく「もらわれ子」と言われ、いじめられました。泣いて帰ると、母はいつも、「おまえは、ご両親の〝一生教会においてもらうように〟との遺言で、教会に来たんだよ。だから、おまえは一生教会にいるんだよ」

と、なぐさめてくれました。そのたびに「このお母さんとならうれしい」と安心するのでした。

◇

やがて、私も結婚し、長男を授かりました。母はこの息子を、目に入れても痛くないくらいかわいがっていました。息子が高校生になるころには、

「おばあちゃん読めないから、ここ読んで」

と、『天理時報』や『みちのとも』を差し出し、よく読んでもらっていました。あとで分かったことですが、実は日中、母はそれらに目を通し、孫に教えたいことや伝えたいことを読ませていたのです。

息子が専修科に行く朝は、

「与志男《よしお》が帰ってくるまで、神様がおいてやろうと言ってくださる夢を見たの。だから、安心してつとめておいで」

と、送り出しました。しかし、その二週間後、食事中に口がもつれ、いすから立てなくなり、そのまま地元の病院に入院しました。

入院生活は一年半に及びました。その間、孫からの手紙を何回も読み返していました。

「お与えいただいた体を今生《こんせい》、大事に使わせていただき、来生《らいせい》はもっと元気で丈夫な体で、与志男の子どもに生まれ変わらせてもらいたい」

そう言うのが、口ぐせでした。

◇

母が出直してから、二十年が経《た》ちました。教会も父母と私の三人だけだったのが、いまでは十人家族となりました。なかに女の孫が一人。時には母に見えることもあります。

母から教えられた、この言葉が忘れられません。

「言われないでする者は利口《りこう》者。言われてするのは正直者。言ってもせん者は強情者」

お母さん、この道をありがとう。

母の本棚

川村《かわむら》たかし●作家、児童文学者

昭和6年、奈良県生まれ。日本文芸家協会、日本ペンクラブ会員、日本児童文芸家協会会長。元・梅花《ばいか》女子大学教授。受賞作に『山へいく牛』『昼と夜のあいだ』『新十津川物語』ほか。平成13年、紫綬褒章《しじゅほうしょう》。

母の部屋には小さい本棚《ほんだな》があって、『家の光』や『主婦の友』と一緒に、幾冊かの小説が並べられていた。その中から島崎藤村《しまざきとうそん》の『夜明け前』の上巻を取り出して、

「読んでみれへんか」

と、母は笑った。

私が小学五年生のときである。

上・下二冊になった分厚い本は、とてつもなく難しそうに見えた。

父の部屋には、たくさんの本があったので、時々もぐりこんで本を借りてはいたが、

父は農業をしながらも地理学の研究者だったせいもあり、ほとんどが人文科学系の書物だった。

ストーリーのある本といえば、『日本地理風俗大系』のとなりにあった『落語全集』と『講談全集』くらいのものだっただろう。

母は、『講談全集』に登場する岩見重太郎《いわみじゅうたろう》や、伴団右衛門《ばんだんえもん》が、当時の私のヒーローだった。

それは、『夜明け前』のストーリーを、私に話して聞かせてくれた。

それは、歴史物語のように、おもしろかった。

忙しい農作業の合間に、いつ、母は本を読むのだろうと、思った。


水をはりつめた広い田んぼに縄《なわ》を張る。縄を基準にして苗を植えていく。一反歩《たんぶ》の苗を取って、それを植え終わるのが、主婦一人の仕事と決まっていた。

苗取りは朝暗いうちから、電気を灯《とも》して行わなければならない。夜明け前に牛を使って泥《どろ》こねをするのは、父の役割であり、夜明けになれば苗取りは終わっているのが、母の目標であった。

たばねた苗を田んぼまで運んで、ばらまいたところで、ちょうど朝食の時間である。

母は急いで家に帰って、朝食の準備をした。

――「木曽路《きそじ》はすべて山の中である。あるところは岨《そば》づたいに行く崖《がけ》の道であり、あるところは数十間《けん》の深さに臨む木曽川の岸であり、あるところは山の尾をめぐる谷の入口である。一筋の街道はこの深い森林地帯を貫いていた」――

母の横にとりついて、私も苗を植えていった。

植えるだけでは退屈なので、母はいろいろな物語の話をしてくれた。時には『思ひ出の記』であったり、時には『金色夜叉《こんじきやしゃ》』であった。

徳富蘆花《とくとみろか》の『思ひ出の記』は、熊本の田舎《いなか》の少年が志《こころざし》を立てて世の中に出ていく話である。努力のかいあって次第に成功していくのだが、この少年の生き方に、私は憧《あこが》れた。

島崎藤村の『夜明け前』の話は、そういった通俗的な小説をひと通り語り終わった後に、始められた。

初めの一節を、母は諳《そら》んじていた。

『夜明け前』には、幕末の地方の庄屋の家を舞台に繰り広げられるあわただしい時勢の動きが描かれている。それは国学の歴史観に支えられたものであったが、私は、われわれ人間の辿《たど》ってきた歴史というものに、興味を惹《ひ》かれていった。

――「東ざかいの桜沢《さくらざわ》から、西の十曲峠《じっきょく》まで、木曽十一宿《しゅく》はこの街道に添うて、二十二里余にわたる長い谿谷《けいこく》の間に散在していた」――

母のように私も、『夜明け前』を諳んじてみようかと、思った。

中学一年生のとき、父が私の担任に呼び出された。

「『夜明け前』をそらで覚えようとしているようだが、文弱《ぶんじゃく》の徒《と》になりはしないかと、将来が案じられる」

担任の先生は、そんなことを父に言ったらしい。

中学生にもなると、母のような覚え方だけでは気が済まず、『夜明け前』の暗記に、私は、独自の方法を編み出していた。

出てくる漢字だけを全部ノートに並べ、ひらがなは書かないでおく。それを見て、ひらがなを補いながら、暗誦《あんしょう》していこうというのである。

何百ページにもおよぶ小説だが、そのやり方で覚えてしまおうと、もくろんでいた。

〝文弱の徒〟と言われ、戦時下のことでもあり、父はおそれいって帰ってきた。

母のほうは、笑って聞いていたかと思う。「私も共犯者や」と、いったところだろうか。

『夜明け前』の丸暗記は、あきらめたが、田植えの間に、物語の話をすることは、やめなかった。

あるとき、いつものように、苗を植えながら『夜明け前』の一説を諳んじてみせると、母が、

「上手やなあ、名作や。ありありと様子が目に浮かぶようや」

と、言ってくれた。

私は、小説や、文章の持つことばの力というものを、こうして母から教わったのであった。

三十年五十年経てば

石動《いしどう》美津《みつ》

主婦
76歳・青森県

昭和十八年三月、私は女学校を卒業後、おぢばの学校へやられることになっていた。以前から、会長様と母が勝手に決めていたらしく、何がなんだかさっぱり訳が分からないまま、秋田県大館《おおだて》より、一人で旅立つことになった。

故郷を離れるのは、女学校の修学旅行以来である。駅には、母と、親戚《しんせき》の「バッチャ」の二人だけが見送りに来ていた。バッチャは「体に気ちけれよ」と、泣きながら言ったが、母は硬い表情で、「それではな」とだけ言った。

鈍行列車で何十時間もかかるはるか遠い所へ、娘を一人で行かせる母の心境はいかばかりであったろうか。よくも案ずる顔も見せず、私一人を行かせたものだといまでも思う。私だったら、娘をそんな遠いところへ、絶対やる気にはならなかっただろう。

母はひと言、「三十年五十年経《た》てば、なるほどと思える日が必ず来るから」と言ったが、明日のことさえ分からない十五、六の娘に、どうしてそんなに先のことが考えられようか、と反発した。しかし、もう決まったこと、後戻りはできない。おぢばとはどういう所か考えもしないで、乗り心地の悪い汽車に長い時間揺られつづけた。

◇

お道に引き寄せていただく方は、大なり小なり、身上《みじょう》や事情をおたすけいただいてのことと思う。母もまた、その一人であった。私の六歳下の弟を身ごもった時、卵巣《らんそう》が化膿《かのう》し、母子ともに危険な状態となった。医者の手にも負えず、見放されたところを、お道を信仰していた近所の奥さんのおさづけと、御供《ごく》さんでご守護を頂いた。その後の母のお道ひと筋の生き方は、「凛《りん》」のひと言に尽きる。

◇

おぢばでの生活は、見るもの聞くものすべてが初めてづくしだった。朝夕のおつとめも分からず、ひのきしんという言葉を聞くのも初めてだった。当時は戦争末期で、消火訓練や軍需工場での作業にも駆り出された。

「兄弟のなかで、どうして私だけがこんな苦労を……」

そんなことばかり思う毎日であった。

私は寮に入っていたので、母は時々「みんなで食べなさい」と、ひと言添えて荷物を送ってくれた。なかには干し餅《もち》やりんご、たくあんや梅干しなどが入っていた。物資の不足していた時代に、それらの品々をどのように手に入れたのか知る由《よし》もない私は、あまりありがたいとも思わず、友だちと分けあって食べ、空腹を満たした。

二年後、私は家に帰った。母は私に、「おつとめをしなさい」とか「にをいがけ・おたすけに回りなさい」と強制することなく、私は無為《むい》な日々を過ごしていた。

◇

時が経ち、私はご縁を頂き、お道の信仰のない家庭の人と結婚し、二歳違いに男の子ばかりを三人授かった。母はわんぱくな孫たちを叱《しか》ることもなく、手放しで喜び、目を細めていた。

「おまえたちの苦しみ、悲しみ、つらさは、私がみんな背負ってゆくから安心して暮らせよ」

母は臨終間際、枕辺《まくらべ》に座した私たち兄弟に、この言葉を遺《のこ》して静かに息を引きとった。

◇

長い人生に紆余《うよ》曲折《きょくせつ》はつきもので、私にもいろんなことがあった。けれども「親神様、教祖《おやさま》、そして母が守ってくれたおかげで、これくらいで済んだ」と思えることが、幾度あったことか。

いま私は、男の子三人、女の子一人の四人の子どもと、十人の孫をお与えいただき、数年前に金婚式を迎えさせていただいて、現在に至っている。

◇

最近、みかぐらうたを唱え、おてふりをするたびに、「こころ」という言葉の出てくる個所が妙に心にひっかかる。あのころ、「兄弟のなかでなぜ私だけが……」と思ったこともあったが、母は、私の「こころ」を尊いおぢばで育てていただこうと、心を鬼にして私を送ったのではなかったのか。

「三十年五十年経てば、なるほどと思える日が必ず来る」という母の言葉の意味が、六十年以上の歳月を過ごしてきたいま、おぼろげながらも分かりかけてきたような気がする。

ふだんは温厚な母のあの時の厳しさは、まさに私への深い深い「母のぬくもり」以外のなにものでもなかったと、心に深く刻み込んでいる。

母の足のぬくもり

佐藤《さとう》圭吾《けいご》
教会長
62歳・北海道

「アアーッ。母《かあ》さん、天井《てんじょう》に何か変なものが……」

当時、中学生だった私は、四〇度を超す熱にうなされて、幻覚《げんかく》を見ていたようでした。いまでこそ病気には縁のない、元気で結構な日々を送っていますが、中学、高校のころはすぐに風《か》邪《ぜ》をひき、一度ならず二度も肺炎に悩まされました。その時分は良い薬もなく、ただ熱とりの湿布《しっぷ》を施し、安静にしているしかありませんでした。

「母さん、アチチチッ」

私の胸に、熱した布、いわゆる温湿布をあてがうのですから、たまりません。

「ゴメン、ゴメン。ちょっと我慢してね」

母は湿布にフッフッと息を吹きかけ、少し冷ましてから、再びあてがってくれました。

部屋は、七輪《しちりん》に炭をおこし、やかんで熱気を上げ、ほどよい温かさと湿度が保たれていました。

北国・北海道の冬はことのほか寒く、いまでこそ建物が良くなり、暖かで快適な暮らしができますが、そのころの私たちの教会の建物はかなり貧弱でした。暖房は薪《まき》か石炭で、ストーブの周りは熱いくらいでも、少し離れたらスーッと冷えてくる、といった案配《あんばい》でした。

寝室にはストーブなどなく、布団《ふとん》の足元に入れたあんかで暖をとるのが関の山でした。朝、目を覚ますと、布団の襟《えり》がいつもコチコチに凍っていました。一晩中吹雪《ふぶ》いた翌日などは、壁や窓のすき間から吹き込んだ雪が、枕元《まくらもと》に積もっていました。

風邪をこじらせて寝ている私は、頭寒足熱《ずかんそくねつ》の反対で、頭はカッカと熱いのに、足のほうは冷たくヒヤヒヤと感じていました。私は、傍《かたわ》らでつきっきりで看病してくれている母に、訳の分からないことをつぶやきながら、足が冷たいと訴えていました。

すると、母は布団のなかにするりと入り、自分の太ももに私の冷たい足を挟《はさ》み、しっかりと温めてくれたのでした。母のほんのりとした足のぬくもりと、そうまでして看病してくれる親心に、安心してぐっすりと休むことができました。

当時、会長である父は、ほとんど毎月と言っていいくらい、上級の教会や大教会へと運び、お正月も上級で迎えるといった様子でした。母は父の留守の間、教会のことを一手に引き受けていました。

そのころ教会には、数人の住み込みさんがいましたが、母はこの人たちを自分の子どもと隔てなくお世話していました。また、わずかでしたが水田の作つけ、いわゆる農作業もしていました。家庭生活と教会生活のなかで、昼夜の別なく働きづめの毎日でした。

その道中には、二人のかわいい娘の出直しという節《ふし》にも遭遇《そうぐう》しました。二人目の妹の出直しのときは、父は上級へ出かけて留守でした。葬儀を出すのに必要なお金にも困っていましたが、一人の住み込みさんが気を利かせて自分の時計を質屋に入れ、お金を作ってくれたおかげで、なんとかお葬式を済ませることができました。

母はそのような難儀な苦労も乗り越え、いつもニコニコと笑顔を絶やすことなく、誠真実を込めてつとめていました。

そんな多忙と苦労の日々のなか、母から受けたあのぬくもりの記憶を、私は人さまをお世話させていただくときの、心の支えとしてきたように思います。これからもしっかり、母の心を受け継いでいきたいと思います。

縁の下の力持ち

高見《たかみ》伸治《しんじ》
教会長
35歳・岡山県

目立たない――私にとって、母の存在はこのひと言に尽きます。いま私は、足りないながらも教会長を務めさせていただいておりますが、これも母を見て育ったおかげにほかなりません。

母は山深い農村で、天理教とは名ばかりの信者の娘として生まれました。年ごろになり、大工の父と結婚しましたが、当時はまさか、父が教会長になるとは夢にも思わなかったそうです。

姑《しゅうとめ》は、お道の信仰初代で、日々の生活をはじめ、信仰の仕込みは厳しいものでした。「何もすることがないなら、にをいがけ・おたすけ、ひのきしんに出るように」と、母は毎日言われたそうです。この姑に導かれて、母は分からないながらも、お道のご用をつとめていました。

父は亭主関白《かんぱく》を地で行くような人でした。十九歳の時に肺結核を患い、それが信仰を深める手引きとなりました。たすけていただきたい一心でおぢば帰りをし、鮮やかなご守護を頂いたのです。感激した父は、誰に相談することなく、道一条になる決心をしました。そして、「この世に神があるかないかを知るには、これしかない」と、母を連れて、北海道へ単独布教に行ったのです。この時の布教生活で、二人は神の存在を確信して、故郷に帰ってきました。

それからは、相も変わらず、来る日も来る日もにをいがけの毎日でした。母は、にをいがけに回るときには、まだ小さかった私たち兄弟の手を引いていきました。

その記憶は、いまも私の心に焼きついています。

ある日のこと、母が「こんにちは」と、ある家に入っていきました。すると、見るからに強《こわ》面《もて》のおじさんがヌーと出てきて、「なんだ」と、にらみながら言いました。

「私は天理教の者ですが、神様のお話を聞いていただきたいのですが」

母がそう言うと、

「いらん、帰れ！」

と、頭ごなしに声が飛んできます。母はなおも頭をペコペコ下げ、

「はい、そうですか。しかし、少しの時間でも……」

と、玄関の靴をそろえながら食い下がります。しかし、

「やかましい！　いらんのじゃ」

と、怒鳴《どな》り声で追い返されてしまいました。

私は怖くて怖くてたまりませんでした。けれども、母はそんなことにはお構いなしで、一軒また一軒と入っていくのでした。

途中で私たちが「もう疲れたー」と言うと、「じゃ、少し休もうか」と、野原で遊ばせてくれました。そのおかげでしょうか、現在の私は、にをいがけにはまったく抵抗がありません。そればかりか、くじけそうなときには、幼いころの光景が蘇《よみがえ》ってきて、「なにくそ！」と勇気が湧《わ》いてくるのです。

母は元来、動きが緩慢《かんまん》で、婚家の人間、とくに父とは正反対の性格でした。かたやイライラ、かたやノロノロ。父が会長になっても、これまた節《ふし》から節の連続。ただただ、「はい、はい」と素直に聞いている母が、子ども心に情けなく感じたものです。

祖母が開設した教会を引き継いだ当時、信者さんはほとんどなく、お金もなく、お先真っ暗のような道中でした。そのなか、会長である父が「神殿普請《ふしん》をしよう！」ということで、建物ができたのはいいのですが、借金払いには相当苦労したそうです。

ところが、ようやく借金も払い終えたとき、父が「よし、初代が布教した土地に帰ろう！」

と言いだし、まだ木の香漂う神殿を手放して、今度は移転普請。誰がどう考えても、当時の教会の教勢では、支払いのできる物件ではありませんでした。この時は役員・信者一同、猛反対しました。そんななかでも、母だけはただ「はい」と受け、「もしものときは、二人とも死んでお詫《わ》びしましょう」と、父との相談が整い、移転を強行したのです。

それからの苦労というものは、傍目《はため》から見てもすさまじいものでした。しかし、命がけの普請に神様が働いてくださったのか、不思議不思議の連続でした。数少ない信者さんから数多くの信者さんが生まれ、どこからともなく普請金が集まり、嘘《うそ》のように借金を払い終えました。

すると、今度は「よし、駐車場を買おう」。これにも母は「はい」。次は「よし、これからはバスの時代だ！」と、バスを買うときにも母は「はい」。決して目立ちはしませんが、十分な存在感があり、辛苦《しんく》を共にした信者さんも実の母のように慕っていました。父にしてみれば、この妻一人が味方ならなんでもできる、と思ったに違いありません。

いまもって、コツコツと歩む母の姿に、私はいつも頭が下がります。母が蒔《ま》いた種は芽吹き、いま、私の妻が子ども三人の手を引いて、同じように、にをいがけに回る日々を送っています。母に感謝し、これからもコツコツと仕込んでいただきたいと、切に願う次第です。

生涯、縁の下の力持ち、道の台。

生まれ変わっても親子になりたい

坂口《さかぐち》喜代子《きよこ》
無職
65歳・奈良県

私は今年六十五歳を迎えましたが、いまでも「お母さん」という言葉を耳にすると、込み上げる思いを抑えなければなりません。「お母さん」と声に出したならば、地の果てまで走り出したい気分になります。

母は明治生まれです。今日のような経済大国ではない時代ですから、物を大事に使い、野菜の皮も利用して、少しの物でも分け与え、お互いにたすけ合いながら生きていました。

その道中、戦争あり、天災あり。けれど、そのようななかでも、母の目はいつも輝いていました。生き生きとして希望と勇気にあふれ、「何も案ずることはないよ」と語りかけてくるようでした。どんなに苦しいことや悲しいこと、つらいこと、情けないことがあっても、母の顔を見るだけで、すべてが理由なく解決したものでした。

母はまた、事あるごとに「一つでいいから癖性分《くせしょうぶん》を母に預けなさい、そして、どんなときでも、おぢばに向かって〝教祖《おやさま》〟と唱えなさい」と、八つのほこりを諭《さと》して、心の使い方を優しく導いてくれました。

母自身、どんなときでも、おぢばに向かって「親神様、教祖、霊様《みたま》!」とつぶやいていました。それが、母のあの目の輝きのもとだったと、いまにして思います。

最近は、薬やお医者さんと仲良くされている人が多いようですが、母は薬や病院が大嫌いで、どんなときでも親神様、教祖に、ほこりの心遣いを詫《わ》びていました。

母がもうすぐ五十歳になろうとするころ、下痢《げり》が長く続いたことがありました。心配なので「ちょっと検査をしてもらいましょう」と母を説き伏せ、やっとの思いで病院へ連れていきました。

ところが、先生が診察を終え、「ペニシリンを打ちますので、お尻《しり》を出してください」と言うと、母は風のように、その場から逃げだしてしまいました。私はびっくりして、先生にお詫びをして帰ってきました。

それから四十年余り、母は一度も病院へ行くことがありませんでした。「病気をしても親神様の思惑《おもわく》ならそれでいい」と、お礼とお詫びを繰り返していました。

しかし、母が八十九歳の時、あまりにも具合が良くないので、なんとか納得させて、近くの病院で診察してもらいました。結果は胃がん。それも、末期で手の施しようがなく、余命わずかとのことでした。

母には結果を知らせませんでしたが、日に日に痛みは増すばかりでした。それでも「これでいい。もう医者は必要ない」と言います。困り果てる私に、母は、

「おまえの取り次ぐおさづけがあれば、それで十分」

と、薬に頼ることはありませんでした。


母がホスピスで最期《さいご》を迎えてから、十二年が過ぎました。

母が常々、私に話してくれた「偉い人にならなくてもいいよ。人さまが喜ぶことをしいや。人さまの役に立つ人になりや」との言葉を胸に、私も子どもたちも日々暮らしています。

長男が時々、母の口癖《くちぐせ》やしぐさを真似《まね》て、私に見せます。そのたびに涙があふれ、タオルで顔を押さえます。

「いんねんはつくらないよう、一つでもいんねんを切ってや」

これも母の口癖です。思い出すたびに、「よし、人だすけに頑張らなくては！」と、自分を奮い立たせています。

今度生まれ変わった時も、母と親子にしていただけますよう、親神様にお願い申し上げながら、毎日を一生懸命通らせていただきます。

あんなおばあちゃんになりたいわ

正司敏江《しょうじとしえ》・漫才師

昭和15年、香川県小豆島生まれ。14歳で漫才の「かしまし娘」に弟子入り後、「ちゃっかり娘」でデビュー。夫婦漫才「正司敏江・玲児」を組み、どつき漫才で人気を博す。離婚後も漫才コンビを続け、現在も活躍中。

うちのお母《かあ》さんは、ほんまに明るい人でね。お茶碗《ちゃわん》ひとつ洗うにしても、いつも鼻歌を歌っていました。それからまた、口がうまかった。おじょうずを言って、物をもらうのがうまいねん。田んぼのあぜ道を通っていても、「奥さんとこのイモ、特別やわ。葉っぱの色が違う」とか言ってね。「持って行きなはれ」って言われるまでほめていました。それは家が貧しいから、子どもらに食べさせるためなんやけどね。

料理も上手《じょうず》でした。イモの蔓《つる》とか、小芋《こいも》に付いているそのまた小芋とか、野菜のヘタとか、言うたらカスばっかりを、上手に味つけしていました。

背がちっちゃくってね。うちより小さかったから、一四〇センチぐらいかなぁ。それでも、八十八歳まで長生きしました。

お母さんは、もともと天理教じゃなかったから、お父さんにはえらい苦労をさせられました。自分の嫁入り道具も、みんなお父さんがお金に換えて、神様のお供えに持っていった。しまいに腹が立って、「そんなに神さん、神さん言うのやったら、これみんな持っていき」いうて、茶瓶《ちゃびん》をお父さんの頭に投げつけたって。そういうことを聞きました。

それでも、いつの間にか感化されて「一に神さん、二に神さん、三に神さん四に神さん」と、すっかり天理教の奥さんになっていました。お母さんは染まりやすいタイプやからね。それから、怖がりな人やった。頭やおなかが痛くなって、「神さんに逆らうからや」って言われたら、「ああ、親神様」となるんやね。お父さんは、何度も何度も大きな病気をして、そのたびにご守護を頂いていたから。

けんかもよくしていました。お父さんは不器用で口下手《くちべた》やったけど、お母さんは申年《さるどし》やから、口が回るんです。きゃっきゃっと言うだけ言って、さっさと逃げる。だから、お父さんは、重たい口でいつも怒っとったよ。お母さんは、言いたいことを言ったあとで、神さんに「ごめんね。許してちょうだいね」ってね、すぐに謝《あやま》るんよ。

お母さんの明るさは、持って生まれたもんやろうねぇ。うちもこの年になって、舞台へ上がったらコロッと〝敏江ちゃん〟に変われるというのは、母親譲りやね。六十すぎたおばさんが振袖《ふりそで》を着られるっちゅうのは、そうありませんわ。

家が教会になってからも、信者さんに「ああ、遠い所からご苦労さまでございます。お待ちしておりました。あんたが来《け》えへんかったら、おつとめができんとこやったんや」と、ツラツラ言える人。すっかり会長夫人になっていましたよ。あんなに喜ばれたら、また行ったろうか、という気になるわなぁ。

口八丁手八丁というのかなぁ。でも、悪いことはようせんのよ、怖がりやから。だから、信者さんたちにも人気があったね。そやけど、いまから思うたら、お父さんのように厳しいことを言わんでもええのやからね。おいしいとこ取りやわなぁ。だけど、二人三脚で、どっちが欠けてもあかんかったんとちがいますかなぁ。

うちは漫才で忙しくなってから、娘を両親に預けたんです。その孫に対しても、お父さんはやっぱり厳しかった。お米ひと粒こぼしても、頭を畳に押さえつけて「このお米は、どうやって作っているのか分かっとんのか。おまえに、このお米が作れるんか」と言うて怒っとった。お母さんは、うちの手前かわいがってくれました。娘が「うちは、おばあちゃんとよくレストランに行ったで」って言うてましたわ。食べるのはいつもオムライス。「オムライスはごはんもおかずもついている。これを食べたら、おなかいっぱいになる」って言うてね。

うちの弟に会長を譲ってから、両親は小豆島《しょうどしま》の上級教会に住み込みました。孫と三人でひと間の部屋をもらって、教会のご用をさせてもらってたんやろうね。うちがいまの家を買ったときに、両親と娘を呼んで四人で暮らすようになったんやけど、もう二人とも七十歳を過ぎていました。うちが出ている角座《かどざ》や浪花座《なにわざ》に、夫婦で漫才を見にきて、「敏江ちゃんのお母さんですか？」と声を掛けられて、ニコッと笑ってね。「うちの娘をよろしくお願いします」いうて頭を下げていたのが、一番幸せなころやったのかなと思います。

お母さんは、この家でもよう働きましたよ。じっとしていられん人やから。ごはんを食べたら、すぐに電気釜《がま》をかかえて洗《あろ》うてました。背が低いから、流し台が高すぎるんやけどね。袖《そで》のところは、いつも濡《ぬ》らしてましたわ。

ほんまに、きれい好きで、始末屋で……、ちょっと根性も悪かったけどね（相変わらず、お父さんとけんかして逃げるのも早かった）。うちも、あんな年寄りになりたいと思いますわ。もう、なってきてんのやけどね。あんなかわいらしいおばあちゃんになりたいわ。

最後まで明るいお母さんやった。頭の細い血管が切れてね、病院で毎日点滴をしてたんですよ。それでも、足が元気やからウロウロして、夜中によく看護婦さんの部屋に入れてもらっていましたわ。

病室の窓から外を見ながら、うちが赤い車に乗っていたから、赤い車が通るたびに「あっ、お母さん（うちのことを〃お母さん〃と呼んでいたんよ）が迎えに来てくれた」いうて手をたたいて喜んでね。その車が通り過ぎると、「あ〜あ、私は、ほかされたわ」。赤い車が通るたびに、ほかされた、ほかされたと、言うとったらしいですわ。

それでも最後は、孫の写真を見ながら苦しまずに死んでいったから、まあ幸せやったんやろうねぇ。若いときは食べるもんも食べられず、着るもんも着られずにきたけれど、お母さんはいつも「神さんは万倍にして返してくれはる」って言うてました。ほんま、その通りやわ。だから、何事も最後までやり通さなあきませんな。中途半端はいかん。とことん苦労をせなあかんということですわ。

母のおたすけ

太田《おおた》愛子《あいこ》

無職
81歳・滋賀県

私の父は、生涯の三分の一を普請《ふしん》のご用に生きた人でした。単独布教中に、所属教会の移転普請に伴って呼び戻されたのを皮切りに、引き続き、大教会の普請のご用を命じられ、次は、ご本部の「昭和ふしん」に、大教会の役員先生のお供をして、建築用材係としてつとめさせていただきました。

父が留守の間、家のことを一任された母は、おたすけに専念する日々を送っていました。その姿は、いまも私のまぶたに焼きついています。

私が小学生のころ、近所に肺結核を患っている兄弟がおられました。肺結核は当時、不治《ふじ》の病といわれていましたから、誰もその家には近づきませんでした。私もそばを通るときは、手で口を塞《ふさ》ぎ、一目散に走り抜けていました。

ところがある日、学校から帰宅すると、その兄弟がいるのです。私は一瞬びっくりして、「こんにちは、おいでやす」と、あいさつもそこそこに裏庭に飛び出し、大きく深呼吸しました。その日以来、二人はわが家の〝常客さん〟となりました。母はいつも、屈託のない笑顔を交えながら、楽しそうに神様の話をしていました。

また、隣の家に、肋膜《ろくまく》を患って嫁ぎ先から戻ってきた女性がいました。その人もわが家の〝常客さん〟で、機織《はたお》りや縫《ぬ》い物をする母のそばで、一日中遊んでおられ、母も苦にすることなく、話し相手になっていました。

いまにして思えば、子どものいる家に病人を迎えていたことは、神様におすがりしなければできないことであったと思います。

近所に、気持ちが高ぶると日本刀を振り回す人がいて、そこのおばさんがたびたび血相《けっそう》を変えて、たすけを求めに来ることがありました。母はそのたびに、お願いづとめをしたあと、「今夜は帰れないと思うで、寝坊《ねぼう》しないように学校へ行きや」と、私たちに言い残して出かけていきました。その時は子ども心に「どうぞ、お母さんが殺されませんように」と一生懸命、神様にお祈りしていました。

精神を病んだおばさんを、しばらく家で預かっていた時期もありました。私は学校から帰ると、必ずそのおばさんに肩たたきをさせられるのです。子どものこととて力がないので、いつも叱《しか》られてばかりでした。そばで裁縫《さいほう》をしている母のほうを見ると、目配せしながら、にっこり微笑《ほほえ》み返してくれるのでした。

このころ、のちに私どもの教会の初代会長となる人が入信されました。この方は乾物を行商しながら、にをいがけに奔走《ほんそう》していました。商売を終えて参拝に見えるのは、いつも九時ごろでした。それから夜を徹して、母との〝おたすけ談議〟が始まるのです。

昼は〝常客さん〟や近所のおばさんたちのお相手、夜はおたすけ談議と、わが家には昼夜を問わず人が訪れました。だんだんと家に集う人も多くなり、月々の講社祭も賑《にぎ》やかでした。

私は、小学校を卒業して間もなく奉公《ほうこう》に出たので、その間のことは知りません。やがて戦争が始まり、帰郷して田舎《いなか》の軍需工場で挺身《ていしん》隊員として働くことになりました。工場では月二回のお休みがもらえ、家に帰るのを楽しみにしていました。

ある雪の朝に帰宅した時のこと、妹が軒下に干してあるタオルを見て、

「お母さんは昨日《きのう》も御池《おいけ》に行かれたのやなー」

と、つぶやきました。なんのことかと尋ねると、母は時々、深夜零時《れいじ》すぎに近くの鎮守《ちんじゅ》の森の

池のなかで、十二下りを唱えてお願いづとめをしているらしいと言うのです。私は唖然《あぜん》としました。

「お母さんは何のために……、誰のために……、どんな願いを……」

母の身を思うと、ただただ涙がこぼれました。

御池に行ってみると、だだっ広い大きな池の岸から少し入ったところに、石が十個ばかり敷きつめてありました。座れば肩が沈む程度の深さでした。

私は母に、「二度と水垢離《みずごり》をしないで」と訴えました。しかし、母は、

「最初を思いきれば、あとは体中ポカポカしてくるので、心配せんでもええで」

と言って笑っていました。

母の一生には、誰も気づかない苦労や真実がいっぱいあったのだと思います。ただ、親神様のみがご存じで……。いつも人の喜びをわが喜びとして、人だすけに捧《ささ》げた生涯でした。

父と母は、祖父母が点《とも》した信仰の灯《ひ》を立派に受け継ぎ、さらに点しつづけて私たち子どもに与えてくれました。私たちも、この尊い灯を、子々孫々まで絶やすことなく伝え、燃え盛らせることができるよう努めたいと思います。

「お道の信仰のおかげです」

久《く》保《ぼ》洋《よう》子《こ》
主婦
61歳・北海道

私の父は、若いころに肋膜炎《ろくまくえん》を患い苦しんでいる時、天理教の布教師からお道の話を聞き、教えに感動して入信したそうです。私が小さいころには、毎日にをいがけ・おたすけに出かけ、家にはほとんどいませんでした。

収入はまったくありませんから、家計を支える母の苦労はたいへんなものでした。母は近所に小さな土地を借りて野菜を作ったり、農繁期《のうはんき》には農家の手伝いに行ったりしていました。冬にはストーブで燃やす薪《まき》もなく、山へ拾いに行きました。

私も五、六歳のころ、母に連れられて、近くの山へ薪を拾いに行き、荒縄《あらなわ》で背負われて帰ってきたことを覚えています。母は途中、小川の水をフキの葉で汲《く》んで飲ませてくれました。当時の川は、とても美しく見えました。

母はまた、煙突掃除や屋根の修理なども一手に引き受けておりました。男まさりとでもいうのでしょうか。

◇

やがて、家に布教所の看板が掛かるようになりました。そのころの母は、人さまのお世話ばかりしていたように思います。近所の家で嫁姑《よめしゅうとめ》のもめ事があるたびに、呼ばれて出向いていた母の姿が浮かんできます。

ある時には、家が国道沿いにあったせいでしょうか、夕食どきに見知らぬ人が「飯を食べさせてほしい」と言って訪ねてきました。表の布教所の看板を見たと言っていました。家族でさえ、三度の食事に事欠いていたにもかかわらず、母は食事を用意し、その人に食べさせました。こういったことは、幾度かありましたが、その都度、私たちには「水を飲めば水の味がする」という教祖《おやさま》のお言葉を聞かせてくれました。

昭和二十三年ごろ、母はある日、野口の婆《ばあ》さんという人を連れてきました。独り身で住む家もない人なので、家でお世話するということでした。小さな部屋を建て増しして、そこに住んでもらうことになり、家の者が交替で身の回りのお世話を手伝いました。病弱でしたが、明るい性格の人でした。

野口の婆さんには近くに妹がいましたが、行き来はまったくありませんでした。お婆さんは若い時分に道楽をして、兄弟が困っているときにも見向きもせずに、勝手気ままな生活をしていたそうです。年老いてから、冷たく邪険《じゃけん》にあしらわれたわけで、とても気の毒な人でした。病気で寝たきりになってから、初めて妹さんが見舞いに来てくれるようになり、やがて亡くなりました。

◇

その後、昭和二十七年に、わが家は教会になりました。そして、平成十三年には創立五十周年を迎えました。しかし、両親がいたころのよふぼく・信者さんのほとんどが出直され、現在では、月次祭のおつとめの手が足りない状態です。

また、二代会長であった長兄が平成六年、食道がんで出直して、会長不在が四年ほど続きました。親神様、教祖には申し訳ない思いでいっぱいでしたが、一番上の姉が突然、「会長を引き受けさせていただく」と宣言し、一同はびっくりするやら、うれしいやら。勇んで会長職を務める姉の姿に接し、みんなで会長さんを応援させていただかなければと話しております。

毎月の月次祭には兄弟が集まり、母の思い出話もします。姉は言います。母の通った道を一日もつとめられない、母の足元にも及ばないと。母は朝早くから夜遅くまで、本当によく働く人でした。

地元に町営の温泉施設ができました。兄弟の時間の都合がつくときには、みんなで行くことがたまにあります。そこで知り合いに出会うと、

「うらやましい、兄弟が毎月会えることは素晴らしい」

と言われます。私たちは「お道を信仰しているおかげです」と答えるようにしています。

確かに、なかなか会えるものではありません。母も口には出しませんでしたが、私たち子どもが集まる月次祭は、楽しみだったことでしょう。これも、父と母がお道を通ってくれたおかげです。

これからも姉を支え、兄弟で力を合わせて頑張りたいと思います。

自然な振る舞いに導かれて

臼《うす》井《い》京子《きょうこ》

教会長
57歳・神奈川県

わが家の信仰は祖母の代からで、母も一信者です。おつくしは十分にできませんが、教会から何か用事を頼まれると、わが事はさておいてもコツコツと心を尽くす人でした。

私が小学校三年生の時、事情で父が別居することになりました。母は病弱なため働きに出られず、生活保護を受けることになりました。

それゆえ、生活は質素でした。私たちの服は頂いた古着か、母がそれを仕立て直したものでした。洋裁の得意な母は、古着をほどいては、ワンピースやジャンパースカートなどに作り変えるのです。セーターなどは、一度ほどいてから、かわいいデザインに編み直してくれました。

「取り込みすぎてはいけない。分相応《ぶんそうおう》でなくては」というのが母の口癖《くちぐせ》でした。

それでも修学旅行の時には、母はどこからかお金を借りてきて、学校に収めてくれました。けれど、しばらくして、

「やはり、借りてまで行くのはよくない」

と、お金を返してもらうようにと言いました。私は、行きたい気持ちと、引っ込み思案の性格から、先生になかなか言えず、やっとの思いで伝えたのを覚えています。

ほかにも行けない人がいたので、その人たちと教室で楽しく自習をしよう、と思うようにしました。

その二、三日後だったでしょうか。担任の先生から、職員室に呼ばれました。

「参加できない人の費用は『母の会』で出すことになりましたから」

思いがけない先生の言葉に、お礼も言えず、涙がいっぱいこぼれました。おかげで、日光《にっこう》での楽しい修学旅行の思い出ができました。

そんな生活のなかでも、母は私たちのために、いろいろと工夫してくれました。家に友達が遊びに来ると、よくドーナツを作ってくれました。友達の家で出るクッキーやケーキのような、しゃれたお菓子とは違いましたが、わが家の唯一のおやつでした。

そのドーナツを作るときや、夕食の手伝いをしていると、母はよく歌を歌っていました。聞

いていて私が覚えたいと思った歌を教えてもらうこともありました。その代表的なものが『湖《こ》畔《はん》の宿』です。最近になってカラオケで歌ってみたら、しっかり歌詞を覚えていたので、われながら驚きました。

テレビの時代になっても、生活保護を受けている身だから贅沢《ぜいたく》してはいけないと、うちにはテレビもラジオもありませんでした。相も変わらず貧しい生活でしたが、嫌だと思ったことはありませんでした。母の自然な振る舞いが、そう思わせたのでしょう。

◇

私は中学校卒業を間近にして、高校進学を希望していました。しかし、少しでも早く保護を受ける生活をやめたいという母の気持ちを強く感じ、ある家に家政婦として就職しました。

その家の方がたいへん優しく、そんなに勉強が好きならと、学費を出して通信教育を受けさせてくれました。私は、こうして勉強する機会を与えていただいたからには、将来は何か人の役に立つ仕事をしたい、福祉関係の仕事を通して、保護を受けたお返しをしたいと思うようになりました。

しかし、その思いは、修養科へ行くことで変わりました。

私は、母からお道の話をとくに聞かされたことはありませんが、父と別居して五年ほど教会でお世話になっていたことや、母の姿にならって、自然と教会につながっていました。そして、二十三歳の時に修養科へ行きました。おぢばでの三カ月間で、それまでの「福祉を通してお返しを」という思いが、「よふぼくとして人さまのお役に立てれば」という思いに変わっていきました。

修養科修了後、ある教会の五男さんとの縁談話が持ち上がり、教会に行けばよふぼくとして勉強する機会が多いはず、との思いも手伝って、結婚を決めました。

それから三十年、いま私は、届かぬながらも教会長として務めさせていただいております。私がこうしていられるのも、母の姿を見て、ついていったからだと思います。

ああしなさい、こうしなさいとは言わない母でしたが、その思いは、私のなかにしっかり入り込んでいるようです。振り返って、私も三人の息子に、何か染《し》み込ませているだろうかと考えてみると、母にはかなわない気がいたします。

母からの手紙

坂井《さかい》登子《たかこ》

布教所長
65歳・アメリカ

　私はいま、乳がんの治療中です。昨年三月末、ひょんなことから左乳房のしこりを自分で発見し、五月三日、摘出手術を受けました。その一カ月後、「Chemotherapy《キモセラピー》（化学療法）」がスタートし、担当の医師が立てたスケジュールに沿って治療中です。

　最初に受けた治療では、小柄な私にはアメリカ人並みの薬の量は多かったのか、赤血球や白血球に異常が起こり、高熱や脱水症状も加わって、入院することもありました。二回目からは加減してもらい、現在は特別問題もなく快方に向かっています。

　がん発見からきょうまで、数え切れないほど、親神様、教祖《おやさま》からご守護を頂き、あらためて、母の信仰に深く感謝しています。

母は、父の胃潰瘍《かいよう》の身上《みじょう》と出直しから、お道に強く引き寄せられました。もともと素直な性格だったのか、教会の会長さんに言われるまま修養科に入り、教会長資格検定講習会も受けました。おぢばでお道の教えを深く心に治め、道一条になることを決めたのです。

四十一歳の時、家と財産を整理して、電気も水道もない山深い地に移り住み、単独布教を始めました。やがて、大教会から「教会になるように」とのお声をかけていただき、勇んでおりましたが、四十一年前、布教の最中に脳溢血《のういっけつ》で倒れ、その三時間後に帰らぬ人となりました。母四十九歳、私二十三歳の時でした。

◇

私は、二歳違いの姉と弟の三人兄弟の真ん中に生まれました。母が単独布教に出たころ、私たち兄弟は親戚《しんせき》や教会にお世話になり、離れ離れに暮らしていました。その後、私は高校を中退して、美容の道に進みました。

私は、親をして「腫《は》れ物に触るような気持ち」と言わしめるほど手のかかる娘でした。母としては、傍《そば》に置いても心配な娘が、遠く離れて暮らしていることに、寝ても覚めても気が休まらなかっただろうと思います。その証拠に、昭和三十年四月七日付を皮切りに、母が出直す三十六年の夏までの七年間に、六十四通の封書と二十二通のハガキを送ってくれました。

その後、私はそれらの手紙のことをすっかり忘れていました。ところが数年前、日本に住む息子から、航空便で送られてきたのです。私がロサンゼルスに移り住んでから、息子が大切に保管してくれていたのでした。

しばらくは仕事が忙しく、手に取ることもなく過ごしていましたが、二年前、忙中閑《ぼうちゅうかん》ありで、目を通してみました。四十余年ぶりに母の手紙を読んだ私は、ショックを受けました。私は決して孝行娘ではありませんでしたが、それにしても、こんなにも親に心配を掛けていたのかと思うと自分が情けなく、悔恨《かいこん》の涙を流し、しばし茫然《ぼうぜん》としました。

手紙には、我《が》が強く、いんねんの悪い娘が親神様のご用に役立つ人間になってくれるよう、いんねんを切り替える日々の通り方や心の使い方などを、自分の体験を交えながら分かりやすく噛《か》んで含めるように認《したた》めてくれてありました。おたすけで忙しいなか、少しの時間をも割《さ》いて、必死にペンを走らせているのが痛いほど分かりました。

いまからでも母に喜んでもらえる道が必ずあると確信した私は、一昨年十月、日本の上級教会の大祭に参拝させていただきました。そして、会長さんに「教会の普請《ふしん》を打ち出してください」と申し出て、私なりの普請の金額を心定めしました。

がんのお手入れを頂いたのは、その直後のことでした。親神様、教祖は、何をお知らせくださっているのかと考えに考えました。そして、もう一度、母の手紙を読み返してみました。すると、前回読んだ時には気づきませんでしたが、そこに答えが出ていたのです。

私は教祖百年祭の前年に、人だすけの道場である「教会」を預からせていただき、今日に至っています。母はさらに私に、ロサンゼルスの地で布教所を預からせていただけるだけの働きをしなさい、それが教祖へのご恩返しの道である、と言っているのだと気づきました。そのことに、これからの私の全人生をかけるように、と呼びかけてくれているように思えました。

母の手紙は、私の〝いざ〟というときに役立つように、海を渡って私を追いかけてきたかのようでした。子どもを思う親心、執念とも思える強い親心を感じました。この機会に、母の手紙を再読できたことは、親神様のお計らいとしか思えません。

いまはまだ自由におたすけに出られない身ですが、できることから始めようと、二年後の九月二十四日（母の四十四回目の命日）に奉告祭を勤めさせていただくことを目標に、私自身はいうまでもなく、布教所につながる方々の〝一歩成人〟を目指しています。

母の霊《みたま》が私の身上を通して、心の成人へと導いてくれているのだと思うと、感謝の気持ちでいっぱいなのです。

母が選んだりんご

末延岑生《すえのぶみねお》・神戸商科大学教授

昭和16年兵庫県生まれ。学習者の立場から英語のエラー分析を研究、世界的評価を受ける。国際応用言語心理学会、大学英語教育学会ほか3学会の評議員、理事、役員を歴任。『世界人名辞典』載録。

母・みさをは二十世紀、父・幸司《こうじ》は十九世紀の生まれである。とはいえ、二人は二歳違いで、母は一九〇一年、父は一八九九年と、世紀を挟《はさ》んで生まれた夫婦であった。ともに福岡県出身で幼なじみ。相思相愛の末に結ばれ、五男一女をもうけた。

父は三菱《みつびし》重工業株式会社神戸造船所に勤務、造船用の鉄材を外国から購入する資材課長を長年務めた。旧制中学を出たあと、独学で英語をマスターしたと聞く。

お道との出合いは、一人娘（私の姉）の胸の患いからであった。人づてで身上《みじょう》の話を聞いた更屋稔《さらやみのる》先生（天理教扇南《せんなん》分教会前会長）が毎日おたすけに通ってくださったが、そのかいなく、二十二歳の若さで出直した。

当時、私は小学二年生だった。母はよほどショックを受けたのであろう。火葬された姉の骨をいとおしむように撫《な》でていた姿を、いまもはっきりと覚えている。そんな心の傷を癒《い》やしたのが、お道の教えと更屋先生の誠真実であった。入信した母は、夫と別席を運んだ。

私は小さいころから、母親の行く所には、どこへでもついていった。私が小学四年生のころ、病気になった近所の奥さんのおたすけをしようと、母は未明から起きだし、三キロの道のりを教会へ日参した。このときも私は一緒だった。懐中電灯で道を照らしながら二人で歩いたことを、いまでも思い出す。

ある日、いつものように買い物についていった。母は果物《くだもの》屋で、かごに盛られたりんごを買おうとした。そのとき、なぜか形の悪い、小さいほうの盛りを取り上げたのである。私は隣の大きいかごを指さして、

「おかあちゃん、こっちのほうが大きい」

と言った。その途端、母は日ごろの優しさとは打って変わって、ややきつい口調で、

「それは、よそさんのん。人さまのりんご」

と言い、ぴしゃりと私の手の甲を叩《たた》いた。

私は思わず「ううっ」とうなった。なぜ母は不格好《ぶかっこう》で小さなりんごを選んだのか、どうして私は叩かれたのか、その理由が皆目、分からなかったからである。

実は、母が私を叩いたのは、このときが初めてだった。その後、事あるごとに、この光景が私の脳裏によみがえった。

ところで、五年生のとき、たまたま私のローマ字の答案（0点だった）を見た父が、朝方までかかって面白く分かりやすくローマ字を教えてくれた。それ以降、ローマ字は唯一の好きな科目となった。クラスのローマ字委員長になり、いつか英語の先生になりたいと思った。卒業時の文集には、担任の先生が「立派な英語の先生になってくださいね」と書いてくれた。

ところが、期待に胸をふくらませて中学に入って間もなく、英語の授業で、アルファベットの「I」を「イ」とローマ字読みして、クラスのみんなから笑われた。それ以降、英語の文章を読むたびに「発音が悪い」と先生から指摘を受けた。「間違えるな」と言われれば言われるほど、焦《あせ》って同じ間違いを繰り返し、自信を失う。たちまち、英語は一番嫌いな科目になった。

ある日、しょげ返った私を見て、母はこう言った。

「ことばは人間が陽気ぐらしをするための大切な道具なのよ。神様から息を吸わせていただく代わりに、優しいことばと一緒に、息を吐《は》かせていただくの。それを学ぶのが、ことばの勉強。誰でも最初は間違うもの。細かいことに、こせこせしないでいいのよ」

それでも相変わらず、私の英語の成績は悪かった。そのせいで、母は保護者会のたびに先生から注意を受けていた。でも、家に帰ると決まって「あんたはやればできるのよ」と励ました。

そう言えば、私は小さいころ、よく泣く子だったが、母は「よく泣く子は賢くなる」と言い、おねしょをするたびに「おねしょする子も賢くなる」と言ってくれた。「やればできる」「賢くなる」という母のことばは、私にとって元気の出る〝魔法のことば〟だったのである。

そうした母のことばが私の背中を押してくれた。子どものころからの夢がかない、英語教師になった。とはいえ、慌《あわ》て者の性格は簡単に直るはずもない。発音や文法には、どうしても〝エラー（間違い）〟がつきまとう。英語教師なのに、英語に対しては相変わらず、劣等感の塊《かたまり》だった。

人生にエラーはつきものである。なかでも、ことばのエラーは「あたち、これ、好きくない」といった幼児語のように、少しくらい間違っていても意味が通じるところが面白い。それに、なんともいえない個性や味わいがある。漫才や落語でも、意味の取り違いが笑いを誘う。ことばのエラーはユーモアの宝庫でもあるのだ。

しかしながら、日本の英語教育の世界では、エラーは恥ずべきことであり、みっともないものと見なされる。でも、母はあのとき、不格好な小さいりんごを選んだ。「そうだ、人さまのりんごはきれいなものでいい。私のりんごは小さくて不格好なものがいい」。そう思った私は、自分自身をはじめ、学生たちの英語の間違いを集めて統計学的に処理し、「間違っても通じればいい」という英語教育の研究を本格的に始めた。

当然のことながら、私の研究は認められなかった。「間違いの研究自体が間違っている」とさえ言われた。あるとき、私が愚痴《ぐち》をこぼしていると、母は「あんたは八方美人にはなれん性格やから、嫌われてもしょうがない。でも、神様には嫌われんようにせなあかん」と言った。不格好で小さなりんごでも、神様は見ていてくれるという意味だったのだろうか。

母は全く英語を話せなかったが、私が家に連れてくる外国人には、身振り手振りを交えながら日本語で話しかけた。それが不思議によく通じた。

テレビ映画の吹き替えを見て、「この外国人は日本語がうまいなあ」と真顔で話した母。私がテレビドラマを見ながら、登場人物のセリフを英語に通訳する練習をしていると、「あんたは英語がうまいなあ。今度、私が生まれかわったら、あんたから英語を習いたいわ」と言ってくれた母。いま私が教えている学生たちの中に、ひょっとしたら生まれかわった母がいるかもしれないと思うときがある。

「間違っても通じればいい」英語の研究は、近年になって、ようやく日の目を見つつある。いま考えると、その原点は、母が選んだあのりんごにあると思っている。

手製の傘

菅原辰彦《すがわらたつひこ》
無職
63歳・埼玉県

終戦間もない昭和二十三年、私が小学三年生ごろのことである。ある朝、学校に行こうと家を出ると、雨が降りだした。満足な傘《かさ》など家には一本もなく、母は破れた唐傘《からかさ》の骨に、壊れたこうもり傘の布を外してかぶせてくれた。少し不格好《ぶかっこう》だが、雨が漏《も》らない傘に、私は満足して登校した。

下校時には雨も上がり、私はその傘を広げて車引きよろしく、コロコロと回しながら歩いて帰った。ところが、調子に乗って回しているうちに、傘はバラバラになってしまった。せっかく作ってくれた母の気持ちを思うと、悲しくて泣きながら帰った。母は「いいよ、いいよ」と慰めてくれた。いま思い出しても、胸が痛む。

戦中、父は出征して戦地に行ったきりだった。家には母、目の見えない祖父、祖母、そして私たち子ども四人が残された。祖父は目の患いがもとで、お道を熱心に信仰するようになっていた。母は祖父につき従って、教会の月次祭に欠かさず参拝し、直会《なおらい》の準備を手伝った。

終戦の年の昭和二十年、祖父は母に看取《みと》られて出直した。母は子ども四人と祖母を抱えて、父の帰宅を待った。やがて、父が無事戻ってきて働くようになったが、相変わらず食べるだけで精いっぱいの生活だった。その後、弟が生まれて八人家族となり、貧のどん底が続いた。冒頭の傘の思い出は、そのころのことである。

それでも「月日に関守《せきもり》なし」のことわざどおり、私たち兄弟も成長し、全員社会人として親元を巣立っていった。

私は勤めていた会社を五十歳で辞め、「さあ、これから神様のご用をさせていただこう」と、にをいがけをするようになった。そして、初めてにをいの掛かった女性を、教会に連れていった。

その女性に初めて会った母は、

「息子が再就職する前に、一緒に修養科に行ったらいいね」

と、静かな口調で彼女に話した。そばで聞いていた私は驚いた。母は別席を運んだこともなく、修養科を出たわけでもない。教会の月次祭に参拝していた程度の信仰である。おぢばに足を運んだこともなく、東京・上野《うえの》にある東大《あづま》教会に一度だけ参拝したことが語り草になるほどであった。にもかかわらず、真剣に修養科を勧める姿に、私はあっけに取られた。

母にしてみれば、わが子が初めて導いた理の子への、精いっぱいの応援の気持ちだったのだろう。

彼女は「修養科へ行け、と言うなら信仰はやめる」と言っていたが、周りの手引きもあり、その後、別席を運び、おさづけの理を拝戴《はいたい》した。さらに二年後、自分から修養科へ行くと言って、無事修了させていただいた。

さて、母は平成十年、八十六歳を迎えてから、床に伏せるようになった。しばらくして、「危《き》篤《とく》」との連絡を受け、帰郷した。

病院に着くと、意識も言葉もはっきりしているので安心した。ただ、物が食べられなくなっており、素人《しろうと》目にも、あと幾日ももたないことが分かった。

その母が、自分のバッグから私に財布を取り出させ、教会、上級教会、私が初めてにをいを掛けた女性宅にお祀《まつ》りしている神様、そして私の所の神様にと、それぞれお金を取り置くようにと言って、お供え袋を用意させた。他人がのぞき見していたら、危篤の母親からお金を取り上げる鬼のような息子に見えたかもしれない。

以前にも、お供えを預かって、それぞれに届けたことがあったが、今回はそれまでの倍の金額だった。私は驚いて、受け取るのを躊躇《ちゅうちょ》した。しかし母は、

「おまえにやるのではない、神様へのお供えだから」

と言って譲らない。

「そんなに多くなくても、神様は喜んで受け取ってくれるよ」

そうなだめようとすると、母は次のような話を始めた。

「何年か前におまえが帰ってきた時、『おさづけしようか』と言ってくれたことがあっただろう。その時は『どこも悪いところがないからいいよ』と言って断った。ところが、おまえが帰った翌日、風呂場《ふろば》で足をすべらせて転び、敷居《しきい》に腕を打ちつけて……。だんだん腫《は》れて色は変わってくるし、痛くて痛くて。おさづけを断ったからだと思い、神様にお詫《わ》びしたんだ。『申し訳ないことでした。医者へは行きません。いますぐ治してと願っても無理でしょうから、二十一日間でご守護ください。心定めとして、お供えは今後、倍にさせていただきます』。そうやって必死にお願いを続けたら、二十一日目にすっきりご守護いただいた。だから、おまえがなんと言おうと、これは神様との約束なんだ」

明日をも知れぬ病人の最後の願いと知っては拒むに拒めず、母の言うとおり引き受けた。

それから十日ほどして、枕辺《まくらべ》に詰めていた私たちも、看護師さえも気づかぬうちに、母は息を引き取り、親神様の懐に帰っていった。

母はお道の教えを取り立てて勉強したわけではない。しかし、神様の思いを魂《たましい》で受け取り、日々実践していたのだと思う。人生の最後まで親神様との約束を貫こうとする精神こそ、あとに続く私たちが見習うべきことではないだろうか。母には最後の最後まで、教えられることばかりだった。

おさづけの手のぬくもり

水嶋《みずしま》由美子《ゆみこ》
主婦
48歳・ブラジル

戦前、ブラジル移民の子として生まれた父は、十一歳で日本に戻り、広島で被爆して九死に一生を得た。その父と結婚した母は、二十三歳の時、肺結核に加え、ひどい喘息《ぜんそく》を患った。二人の医師から「たすかる見込みはない」と言われた。

「幼い繁光《しげみつ》（私の兄）を置いては死ねない。神様、なんとかおたすけください」

と念じていた時に、近くの天理教の教会の人からにをいが掛かり、ご守護を頂いて入信した。以来、母は、にをいがけ・おたすけに励んだ。道一条を目指す、その信仰態度は輝いていた。

そのころ父は、酒とマージャンにご執心《しゅうしん》だった。いつも外でお酒を飲んでは、グデングデンになって帰ってきた。家に着くと大声で母を呼び、玄関に転がり込んで、そのまま大の字になって寝てしまう。その父を寝床まで担いで運ぶのが、母の夜中の仕事だった。

マージャンで負けたときなど、ひどく荒れて、母をたたき、暴れることもあった。二人の兄と私は、怖くて布団のなかで震えて泣いた。そんなとき、母はそっと私たちのそばに来て（狸《たぬき》寝入りしていることに気づかず）、

「ごめんね、怖い思いをさせて。お父ちゃんが悪いんじゃないからね、お母ちゃんに徳がないから、お父ちゃんがあんなふうになるの。お母ちゃんがみな悪いの。ごめんね……」

と、温かい手で私たちの頭をなでながら、まるで魂《たましい》に聞かせるように言うのだった。

私が幼稚園のころ、父が突然、

「ブラジルに帰りたい。ブラジルに残った親父に会いたい」

と言いだした。母は寂しそうな父の姿を見て、「海外布教に出させていただくのだ」と、移住を決意した。一九六〇年、長兄十二歳、次兄八歳、私六歳、弟一歳の時だった。

最初の住まいは、二年間契約を交わしたサンパウロ郊外の農家で、電気も水道もない不便なところだった。そこで家族六人、貧しい暮らしをしながら、農作業に汗を流した。

そのころのこと、母がにをいがけで留守中に、私は突然、高い熱にうなされた。悪寒《おかん》に襲われて、真夏の昼間なのに兄たちの布団まで掛けてもらって震えていた。

「お母ちゃん、お母ちゃん……」

泣きながら、母の帰りを待った。そのうち、泣き疲れて眠ってしまった。

「なむ天理王命《てんりおうのみこと》、なむ天理王命」

母の温かい手を額に感じて、私は目が覚めた。

「由美ちゃん、ごめんね。お母ちゃんがつい不足に思ってしまって、悪かったね。神様に、もう不足に思わないよう約束したから、すぐ治るからね。ごめんね」

母は何度も私の頭や頬《ほお》をなでながら、優しく言った。胸がジーンと熱くなった。

不便な所に住み、貧しさのため医者にも行けなかったが、母の取り次いでくれるおさづけと、父の作るドクダミ茶のおかげで元気になった。「おさづけって、温かくていい気持ち」と、私は思った。

父は相変わらず、酒と縁の切れない日々を送っていた。小学四年生のある朝、学校へ行こうとすると、「ピンガ（酒）の瓶《びん》を持っていって、帰りに酒を買ってこい」と父から言われた。そんなことをすれば、友達に笑われ、いじめられ、父の悪口を言われる。

「恥ずかしいから、いや！」

と言うと、

「親の言うことを聞け！」

とたたかれた。泣きたいのを我慢して、言うとおりにした。あとで事の次第を知った母は、

「由美ちゃん、つらいだろうけど我慢してね。お母ちゃんがにをいがけに出るのは、悪いんねんを切らせてもらうためよ。お父ちゃんは、本当はいいお父ちゃんだけど、お母ちゃんの徳が足りないから、由美ちゃんまで悲しい思いをさせてしまって……ごめんね。でもね、いつも由美ちゃんが手伝ってくれるのを、親神様が喜んでおられるの。だから、頑張ろうね」

優しく語りかける母の言葉に、心から温まるものを感じた。どんなに父が暴れても、決して父を恨むことがなかったのは、母のおかげだと思う。

その後、妹が四人も増え、父もだんだん優しくなった。そして、にをいがけに回るようになり、立派な教人《きょうと》となった。母の素直な信仰が、父の心を変えていった。

私は二十七歳の時、ブラジルに移住して以来初めて、おぢばに帰らせていただいた。修養科に入り、二カ月ひのきしん隊を経て、教会長資格検定講習会を受講。引き続き、上級教会で女子青年として勤めさせていただいた。一年半の日本滞在中、ホームシックになり、しばらく寝込んだことがあった。ちょうどその時、母から手紙が届いた。

「由美ちゃん、元気ですか？　いまは上級勤めで一番大切な日々を送っている時だから、一時《いっとき》

を大切に頑張ってね。時には寂しいこともあると思うけど、ご存命の教祖《おやさま》がついていてくださることを忘れずに、勇んで、上級の奥様の言われることを素直に聞いてね。それではまたね。母より」

短い文章だったが、力の抜けていた私に、エネルギーを与えてくれた。

幼いころから、心のこもった温かい母の言葉に包まれて、私は育てられた。

私はブラジルで布教をしていた主人と結婚し、実家からバスで二十時間ほどかかる所に住みはじめた。初めてのお産の時も、母は、

「産気《さんけ》づいたら、必ず知らせてね。楽に産ませていただくよう、教祖にお願いするからね」

と、手紙をくれた。そして、いよいよという時、連絡すると、すぐに駆けつけてきてくれた。

その後、私は五人の子の親となった。それでも時々、母の温かい言葉が聞きたくて、電話をかけた。

母が出直して一年半になる。母の数々の温かい言葉が、いまも忘れられない。それにも増して、おさづけを取り次いでくれた時の手のぬくもりが忘れられない。

無冠の母に脱帽

濱田《はまだ》　蕃《しげる》
教会長
64歳・三重県

私は、母が三十三歳、女の厄年《やくどし》の子である。

「この子は〝一六《いちろく》もん〟やで」

生まれた時に「末は博徒《ばくと》」と祖母が言ったとおり、二歳年上のおとなしい兄と違って、「栴《せん》檀《だん》は二葉《ふたば》より芳《かんば》し」の逆で、まったく〝ドンナラン〟悪ガキであった。

「目隠《かく》し鬼さん」で、眉間《みけん》に大けが。道を通る人に、通せんぼ。おつとめ中に、氷砂糖や金を盗む。負けん気が強くて、嘘《うそ》をつき、やんちゃと腕白《わんぱく》が幼いころのボクのすべてだった。だから、どれほど周りの人、なかでも母をてこずらせ、心配させたか分からない。

そのころのこと、ある時、母は焼き芋《いも》を買いにボクを連れていった。自分は用事があったので、お店にお金を渡してボクを置いて先に帰った。朝早かったので、まだこれから焼くところだった。

長い時間待っているうちに、ボクはおしっこがしたくなった。けれども、せっかく並んでいるのに後ろになるので我慢していた。芋はなかなか焼けない。「もう少し、もう少し」と自分に言い聞かせながら、必死に待ち続けた。

やっと芋が焼けて、紙袋に入れてもらった。その袋を両手に抱え、「アツー、アツー」「デルウー、デルウー」と、上から下から責められながら、なんとか家に帰った。

門口《かどぐち》に母が立っていた。その姿を見た途端、〝ダム〟の堰《せき》が切れ、「ワアー！」と泣き叫ぶと同時に、耐えに耐えていたものが、ドドッと噴き出した。パンツはもちろん、ズボンを越えて両足を伝って、下半身がおしっこ浸《びた》しになった。ボクは立ち往生《おうじょう》して泣きじゃくった。けれども、芋の袋はしっかり両手に持っていた。

母は、

「ああ、ごくろうさん、ごくろうさん。よう辛抱《しんぼう》したなぁ。えらかったなぁ」

と言いながら、頭をなでて、おしっこだらけのボクを抱きしめてくれた。そして、兄より大きな芋をくれた。涙でぐちょぐちょのボクの顔が、笑顔に変わるのに、あまり時間はかからなかった。

いまでも焼き芋のにおいと色と味は、あの日のほろ苦い思い出と最高のおいしさ、そして母の優しさを思い出させる。

「お　か　あ　さ　ー　ん　！」

◇

昭和十九年八月一日、戦争のため、父の故郷・岡山へ疎開した。両親や姉妹と別れて兄と二人だけ、祖父母のお世話になった。祖父母はとてもかわいがってくれた。

翌年の夏、終戦。敗戦の痛手に加えて農地改革のため、親はやむなく岡山で百姓をすることになった。優しかった祖父は態度が変わり、

「口から先に生まれたガキ！」

「穀潰《ごくつぶ》しのガキドウサレ奴《め》が！」

と、怒声《どせい》を浴びせた。ボクは祖父に口ごたえするので、追っかけられては裸足《はだし》で逃げた。

貧しい生活が続き、常に腹ぺこであった。ある日、ボクは母に、

「一生に一回でいいからバナナを食べたい」

と軽い気持ちで言った。すると翌日、母はバナナを一本くれた。戦後の物資が不足しているさ

なかに、どのようにして手に入れたのか。母の心を考えると、いまも胸が痛い。

小学校五年の三学期、ボクは肺炎になり、二十日間ほど、生死の境をさまよった。冷雨《れいう》のなかを約一時間、ものすごい勢いで走って帰ってきたのが原因だった。母は、おさづけを取り次いでくれる一方で、タオルを温めてはボクの胸に巻き、温めては巻いて、懸命の看護に当たってくれた。その効あって、ボクは死の淵《ふち》から戻ってきた。

伏せっている時、母がお皿にひと盛りの雪を持ってきてくれた。

「ウワー、まだ雪があったんか」

そう言いながら、ひと口食べて驚いた。雪の上に、砂糖がかけてあった。砂糖など、めったに手に入らない時のこと、母の子をたすけたい、喜ばせたい真実に生き返ったのだと実感したことを、いまも克明《こくめい》に覚えている。

中学校二年の二学期、もう少しで友達を殺してしまうところだった。その罰《ばち》が当たったのか、私は交通事故に遭《あ》い、右頬《ほお》を三針縫《ぬ》う、一生残る傷を負った。幼いときの眉間の大けがといい、〝一六もん〟のゆえんだろうか。顔に傷もつ親不孝者の証《あかし》か。

高校生になって、母の勧めで新聞配達を始めた。毎朝三時の起床がたたって、授業の二、三時間目になると、睡魔に襲われて居眠りばかり。ほかにもいろいろと訳あって、二年生の九月に中退した。

そんな親不孝の〝ドンナラン〟ボクは、お道から離れようと思って、東京へ出て就職した。ある時、家族・親子の絆《きずな》を断とうと思い、母からの折々の手紙すべてをストーブにくべた。そして、自ら命を絶とうと考えた。そんなボクを救ってくれたのも、母だった。

五月のある休日、新宿《しんじゅく》の街を歩いていて、道端でカーネーションを売る少年を見かけた。母の日が近いことを思い出した。頭のなかに母の姿が浮かび、無性に会いたくなった。ボクは誰に連絡することもなく、そのまま大阪に帰った。

その後、東京に戻ることはなく、ボクは道一条を歩むこととなった。東京での三年間、ボクは毎月、家にお金を送っていた。それを母は、丸ごと上級教会にお供えしていた。持ち帰った貯金も、ボクに相談することなくお供えしてしまった。私を守り、道に引き戻したのは、子を思う母の真実にほかならない。

◇

「母は、こんなに美人だったのか」

見直すほどの柔和《にゅうわ》な微笑をたたえた美しい顔になって、ボクの差し出すプリンをおいしそうに食べたのを最後に、平成四年一月三十日、享年八十八歳で出直した。

寡黙《かもく》な人、母の一生は、親不孝のいんねんをさんげし、親孝行こそ人間の幸せになる一番のもとだ、種だということを、命がけで身をもって通り、私たち子孫に教え諭《さと》した生涯だった。たんのうに徹しきった母。母の道を慕いゆけば、必ず教祖《おやさま》のひながたの道にたどりつく。母はボクの命である。ボクが道一条になってからもなお、身上《みじょう》のたびに「代わってやりたい」と言った。母の愛は底なしで無限だ。

母のボクへの命の言葉。

「蕃、偉い人になったらあかんで！」

ボクは小さい時から、「必ず偉い人になるんだ」と思っていた。その心を見透《す》かしていた無冠の母に脱帽！

ほめ上手

中城《なかじょう》健雄《たてお》・教会長

昭和13年、高知県生まれ。31年、上京して漫画家デビュー。『キックの鬼』『カラテ地獄変』などで人気を博す。62年から『劇画　教祖物語』の作画に携わり、平成2年、全5巻完成。現在、天理教森高分教会長。

身上《みじょう》を頂いて教会で伏せっていた母は、教会長資格検定講習会から帰った私を、いすに座って迎えてくれたが、両目を堅く閉じて開けようとしない。なぜかと問うと、

「忙しい健雄が検定講習に行ってくれたのに、私はご守護を頂いていない。申し訳なくて合わせる顔がない」

と言う。先生方が、

「健雄さんを見たいでしょうに」

と言うと、「うん、うん」と、うなずく。

「しょうがないなァ」

そう言いながら、私が無理やり母の両まぶたを指で開けると、大粒の涙がボロボロとこぼれた。その日から二カ月ほどして、母は静かに出直した。七十五歳であった。

◇

父が健在のころの母は、子どもの教育に熱心で、いつも着物に真っ白の割烹着《かっぽうぎ》姿で家事をかいがいしくこなす、いかにも幸せそうな主婦であった。

終戦間近の昭和二十年六月、父は出張先の伊丹《いたみ》で空襲に遭《あ》い、三十九歳で出直した。夫の死と終戦という大節が相次ぎ、母は大変身をした。焼け野原となった高知の街に、バラック建ての昼は食堂、夜は酒場になる店を持ち、子ども四人を育てた。母が酒を飲めることも、しかもかなり強いことも、このとき初めて知った。

幼い子どもを抱えたどん底の生活であったが、母に暗さはなかった。グチや苦労話が大嫌いで、明るくて、決して弱音を吐《は》かない人であった。私はまだ小学生だったが、長男ゆえか、母は苦しいことや大切なことは、いつもキチッと相談してくれた。そのたびに、私が、

「ぼくが三十になるまで我慢しより。三十になったら、たすけちゃるきに」

と言うと、母は笑って、

「頑張ろうかねェ」

と、答えるのが常であった。

ある日、若い男が、店で無銭飲食をして逃げ出した。母は薪《まき》を一本持って男のあとを追いかけ、

「断れば食べさせてやるのに、食い逃げするとは許せない」

と、男をその薪で打ちすえた。若い男は、母の剣幕に平謝りに謝った。その様子を見ていた人に、あとで「あの男は〝般若《はんにゃ》の政《まさ》〟という暴れ者だ」と聞かされたときには驚いたが、後日、その男が丁重に謝りに来たので再度驚かされた。母はその男に、

「イカンものはイカン」

と、言っただけであった。

これは母の口癖《くちぐせ》で、理屈抜きにイケナイということらしく、母がこの言葉を口にするときは、子どもながらに怖かった。

悪ガキだった私が、ケンカをしたり、悪さをしても「あなたらしい」と、あまり叱《しか》られることはなかったが、泣き言を言ったり、友達の悪口を言ったりすると、ひどく叱ら

れた。「あなたらしくない」というのであった。

「らしくない」と言われると、できなくなるのが不思議であった。それは子どもを信じる母の肯定力にあったと思う。人間の心は、肯定されている方向に歩み出してしまうものなのだと思う。それが母の力であった。

私たち一家は昭和二十七年、教会に住み込んだ。母は布教専従となった。早朝から布教に出て、帰会するのは夜という日が多くなり、洗濯をしてくれるわけでなく、繕《つくろ》い物をしてくれるのでもなく、子どもに構う時間がないようであった。

母は変わった。私たちは、母に捨てられたように感じていた。それでも、面白くないことがあった日や、不足で沈んでいるときなどは、夜に必ず枕元《まくらもと》にやって来て、親神様や教祖《おやさま》の話をしてくれた。この素晴らしいお道のこと、教祖は必ずおたすけくださること、会長様の素晴らしいことを聞かされた。不足心の多い私が、信仰を少しでも明るく受けとめて歩めるのは、この母の丹精のおかげだと思う。

わが家は若死にのいんねんで、父が三十九歳、祖父が四十三歳、大祖父が四十七歳と、判で押したように四歳ずつ若く死んでいくので、私は子どものころから「健雄は三十五歳で出直す」と言われて育った。

幼いころはまったく平気であったが、さすがに高校生になると、残り時間が少ないように思われ、寂しかった。このころの母の必死のおたすけ活動には、私の命がかかっていたのだと、あとになって分かった。

後年、私の長男・光晴《みつはる》が三歳の時、腎臓《じんぞう》病で医者の手離れになり、半年の命と宣告された。その時、取り乱す私に、母は、

「あなたの命は、私が神様にお願いしてあげた。光晴はあなたの子よ。あなたが神様にお願いするのよ。八方塞《はっぽうふさ》がりでも天は開いているのよ」

と、笑って人だすけを説いてくれた。

「あなたの出番を神様が待っておられるのよ」

悲嘆に暮れる私たち夫婦にとって、親神様を信じ、自信にあふれた母の態度は、暗闇《くらやみ》に差すひと筋の光明のように大きな救いであった。

私は十七歳で上京し、漫画家を目指してスタートしたが、三十五歳の短い生を生き急ぐゆえに、短気で口が悪く、弟子やアシスタントは寄りつこうとしなかった。そんな私を変えてくれたのも、母であった。

「あなたは向上心があって頑張っているのは分かるけど、あなたの通ったあとは、屍《しかばね》の

山よ。短気は命の短い証《あかし》」

あのままの性格の私であったら、随分《ずいぶん》寂しい人生になっていたと思う。締め切りに追われる漫画家生活のなかで、一日の仕事が終わるのは、いつも午前二時であったが、就寝前に、母とお酒を飲みながら話をするのが楽しみであった。

ある時のこと、母はしみじみと、

「あなたは私の息子には違いないけれど、夫と思っていたこともあったけれど、いまはまた違うのよね」

と言った。

「いまはなんだよ」

と問うと、

「いまは、お父さんと思っているのよ」。

息子にとって、最高のほめ言葉ではなかろうか。母は本当に、ほめ上手であった。

◇

私は四十九歳の時、教会長を拝命した。その旬《しゅん》に、母のにをいがけで入信された布教所長さんが、教会名称の理を受けてくださった。

三十三年間の漫画家生活を無事に通らせていただき、また、こうして私がいまあるのは、母のほめ上手、肯定力に乗せられてやってきたからだと思う。

「あなたのそこが好き」というのが、母・中城敏美《としみ》先生の口癖であった。これからも、母のほめ言葉に乗って生きていきたい。

母の重み編

毎日を単独布教の心で

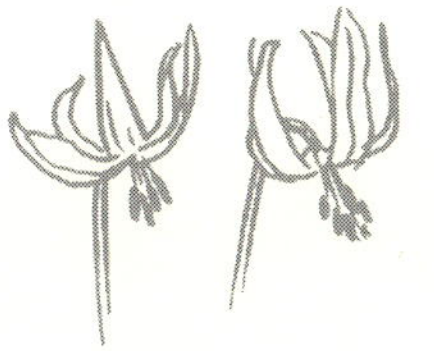

母・大橋《おおはし》とめ　五港《ごこう》分教会二代会長
子・京塚《きょうづか》　貢《みつぐ》　五港分教会長

夕映えの大阪城

京塚貢の心には、幼いころに見たある風景がいまも強く残っている。それは、茜《あかね》色の夕焼け空に映える大阪城の姿だ。貢は、母・とめと毎月おぢば帰りをするたびに、環状線の列車の窓から大阪城を眺《なが》めるのを楽しみにしていた。

母は貢が小さいころから、本部月次祭への参拝を欠かすことがなかった。貢は、母におぶわれる年になると、神戸から電車で片道三時間の道を毎月行き来した。夕映《ゆうば》えの大阪城を眺めるのは、いつしか貢の楽しみになっていた。

母と子のおぢば帰りは、貢が就学してからも続いた。欠席届には、頭痛、腹痛、歯痛、風邪《かぜ》、と順番に書いて毎月提出した。むろん、仮病である。昭和十年代、日本の国家は戦時体制へと突き進みつつあった。日本軍が真珠湾《しんじゅわん》を攻撃したのは、貢が小学三年生の冬のことだった。

そんな状況下で、仮病を使って天理教の本部に参拝していることがばれたらどうなるか、小学生の貢にも容易に想像はついた。やがて、二十六日の来るのが憂鬱《ゆううつ》になった。

ある時、とうとう担任から呼び出しがかかった。

「おまえはなんで、毎月二十六日になると病気になるんや?」

貢は顔を真っ赤にしてうつむき、うろたえた。おぢばから神戸へ戻る時刻は、ちょうど小学校の下校時間と重なる。だれかに見つかって、告げ口されたのだろうか……。

「……不思議な病気やのう。……まあ、病気には勝てんから、よう気をつけよ」

ホッとして、職員室をあとにした。

このころ、なぜこんな思いをしてまで本部の月次祭に参拝しなければならないのか、母に問いただしたことがある。

「それはな、世界中の人が幸せになるようにお願いするためや」

「ほかに参拝に来とる子ども、おれへんやんか。なんで、ぼくだけなんや」

「あんたは子どもの代表や」

「そしたらぼく、来月から日曜日におぢばへ帰るわ。学校休むと、先生うるさいんや。一人で日曜日にお参りに行くわ。ええやろう」

貢は懇願した。しかし、母は……

「あかん、あかん、ほかの子やったらそれでもええけど、あんたはあかん。あんたは赤ん坊のときに死んどったんやで。なんぼ先生がこわい顔しても、親神様から命をつないでもらえるほうがええのんや」

そう言って、頑《がん》として首を縦には振らなかった。

貢の死

それは昭和八年（一九三三年）、一月半ばの夕映えの美しい日のことだった。

神戸市長田《ながた》区のとある長屋の片隅。大橋とめは生後八カ月の四男・貢の枕元《まくらもと》で付きっきりの看病に当たっていた。

数日前から風邪気味だったが、そのうちに治るだろうと高をくくっていた。様子がおかしいと気づいて医者を呼んだ時には、すでに急性肺炎を起こしていた。医者もなす術《すべ》はなく、ただ見守ることしかできなかった。

夕闇《ゆうやみ》が迫るとともに、貢の命は油の切れかかった灯芯《とうしん》の炎《ほのお》のように揺らいだ。そして、そのままフッと消えてしまった。

「明日、死亡診断書を取りに来てください」

医者はそう言うと、気の毒そうに帰っていった。

とめは、布団《ふとん》に寝かされた小さな骸《むくろ》に取りすがって泣き叫んだ。ようやくハイハイができるようになって、得意げな顔で笑っていたのに――あの笑顔を見ることは、もうできない。

やがて、貢の顔に白布《はくふ》がかけられた。息子の死が、現実の形になってゆく。しかし、どうしてもあきらめきれない。こうなったら、すがるところは一つしかない。

〝親神様なら、いま一度、この子に命を授けてくださるかもしれない。この世と人間を創造し、わが胎内にこの子を宿してくださった親神様なら……〟

とめは家を飛びだし、底冷えのする夜道を一目散に駆けだした。神戸の街はすでに寝静まり、通りに人影はない。家から五港分教会までおよそ二キロの道を、路面電車の線路に沿って必死に走った。

京塚千助《せんすけ》会長は、とめのただならぬ声に飛び起き、着物を羽織《はお》ると急いで神殿に出た。事の次第を聞くや、とめに告げた。

「貢ちゃんを連れて、道一条になりなさい」

それまでにも幾度となく、とめに言いつづけてきたことだった。しかし、とめはいつも断った。長女と二男の身上《みじょう》を通してこの道に引き寄せられ、教えの尊さは十分承知しているつもりだった。しかし、単独布教師の食べるに事欠く暮らしぶりや、その子どもたちが夕暮れに家の前で寂しげに親の帰りを待つ姿を見るたびに、自分にはできないと思っていた。しかし、いまは一刻《いっこく》の猶予《ゆうよ》もない。

「……それで貢をたすけてくれますか？」

「たすかる、たすからんは、神様にお任せして、とにかくその心を決めなさい。そうしたら、お願いさせてもらおう」

「わかりました。この子どもども、たすけ一条のご用に使ってください」

京塚会長は早速、お願いづとめにかかった。そして、二キロの夜道を大橋家へ急ぎ、冷たくなった幼子の骸におさづけを取り次いだ。

戸の隙間《すきま》から冷気が忍び寄る寒い夜だった。二人は震えながら、貢を見守りつづけた。

どれほど時間がたっただろうか。ふと、戸のほうに目をやると、外が白みはじめていた。その時、貢の顔に一瞬、赤みが差したように見えた。その後も時々、血の気が戻り、やがて「ギャッ」という声がした。

急いで貢の顔をのぞき込むと、うっすら目を開けている。とめは貢のお気に入りのおもちゃを持ってきて、目の前で振って見せた。

すると、もみじのような手が伸びてきて、おもちゃをつかんだ。

とめの歩み

京塚会長が、とめに布教専従の道をしきりに勧めたのは、彼女のそれまでの歩みを知っているがゆえのことだった。

とめは明治二十七年（一八九四年）、神戸市須佐《すさ》の通《どおり》に、山田初三郎《やまだはつさぶろう》とための四女として誕生した。

十二歳の時、近所で一人暮らしをしていた親族の大橋たけの養女となった。そして二十三歳の時、同じく大橋家に養子に入った兵庫県美嚢《みのう》郡出身の大原由松《おおはらよしまつ》を夫に迎えた。

夫婦の心は結婚当初から、かみ合わなかった。勝ち気で何でもてきぱきこなすとめに対して、由松はおとなしく、物言いのはっきりしないタイプ。養子の肩身の狭さも手伝ってか、憂《う》さ晴らしに、いつしか博打《ばくち》に手を出すようになった。その後、長男・正雄《まさお》、長女・たみ江と、子宝に恵まれたが、由松の放蕩《ほうとう》はますますひどくなり、生活費に手をつけるまでになった。とめは仕方なく、二人の幼子と養母たけを養うために、当時市内に多くあったマッチ工場の一つに勤めはじめた。

◇

お道との出合いは大正十年（一九二一年）、そんなどん底の暮らしのただなかだった。ある時、たみ江の両目が腫《は》れてふさがるほどの出来物ができた。痛みで泣き叫ぶたみ江をおぶって、夜通し家の付近を歩き回っている時に、近所に住む天理教信者の勝野《かつの》さんから、にをいが掛かった。

初めて聞く教祖《おやさま》の道すがらに、とめは涙した。自分の境遇と比べものにならない厳しい道中を、いそいそと歩む教祖の姿に心打たれた。たみ江の目は勝野さんのおさづけによって、日を置かずして鮮やかに元に戻った。以後、とめは勝野さんの家に参拝するようになった。

翌十一年には二男・義雄《よしお》が、十四年には三男・光男《みつお》が誕生した。しかし、由松は子どもの布団《ふとん》を質に入れてまで賭場《とば》に通う始末。借金はかさみ、もはや神戸にはいられなくなり、夜逃げして大阪の玉造《たまつくり》に移り住んだ。

翌年、一家に不幸が相次いで訪れた。生まれたばかりの光男が夭折《ようせつ》。続いて、養母たけも出直した。そして、義雄までもが足を骨膜炎《こつまくえん》に侵された。

◇

年が明けた昭和二年、再び神戸に戻ることになり、一家は長田区本庄町《ほんじょうちょう》に居を構えた。とめは勝野さんの所属する兵港《ひょうこう》分教会部内の五港分教会の所属となった。そして、義雄をたすけていただきたい一心から日参を始めた。

同じ年、二女・とみ子が誕生した。しかし、生活苦から養女に出した。のちに、この子も、もらわれた先で夭折した。

そして昭和七年五月、貢が生まれた。その半年後、由松は四十五歳の若さで病死した。

このころすでに、長男の正雄は畳屋に就職していた。とめ、たみ江、義雄、貢の家族四人での新生活、今年こそはきっといい年に――そう願って迎えた年の初めに、貢が息を引き取る節《ふし》に出くわしたのだった。

「背中の貢が聞いているで」

貢がたすけられた翌月、とめはおぢばの人となっていた。そのころ、おぢばは教祖五十年祭と立教百年祭の〝両年祭〟に向けて、現在の神殿、南礼拝場、教祖殿を建築する「昭和ふしん」が進められ、ひのきしんに勇み立つ人々であふれ返っていた。とめは別科《べっか》第五〇期生として、その渦《うず》のなかで人生の再出発を誓った。

別科修了後は五港分教会に住み込み、一年後、教会にほど近い水笠通《みずかさどおり》に家を借り、単独布教を始めた。

当時、神戸はすでに外国の風物が入り込み、異国情緒漂う街となっていた。しかし、それは表通りだけの話で、一歩裏通りに足を踏み入れると、部屋に日も差し込まぬ貧しい家々が細い路地にひしめいていた。とめはそんな路地から路地を、貢を背負ってにをいがけに歩いた。

貢「しかし、みすぼらしい子連れの女性布教師の言葉に耳を貸してくれる人は、なかなかいなかったんですね。たまに聞いてくれる人があっても、そんなときに限って、背中の私が泣き出して、チャンスを逃してしまったそうです。

そんな調子で、だれ一人として話を聞いてくれぬ日が何カ月も続いたある夕方、母はその不満を自宅のお社《やしろ》の前でぶちまけました。

『親神様、教祖、自由自在《じゅうようじざい》にお働きくださいますならば、話を聞かん人でも聞くようにしてくださってもよろしいやないですか。せめて、聞いてくれる人がいるときには、貢が泣かんようにしてくださってもええやないですか――』と。

そのまま神前にひれ伏していると、ある言葉がパッと胸に浮かんだそうです。

『神戸中の人間が、だれも聞かんでもええやないか。背中の貢が聞いているで』

それは、教祖が優しく温かく語りかけてくださるお言葉に思えたそうです。

『ほんにそうや、いまだけのことを思たらあかん。この子が聞いてくれておったんや。いまは何も分からんけれど、やがて私の後を継いでくれるよう、教祖がお育てくださるに違いない。それを楽しみに、にをいが掛からんでも、勇んでやらせていただこう――』

そう悟って、母は再び、私を背負って路地から路地を歩き回るようになりました」

その後も悲しみの節は続いた。昭和十一年、義雄が肺結核で出直したのだ。この時はさすがに〝刀折れ矢尽きた〟心境だった。しかし、とめは教祖の道すがらを思い出して再び腰を上げた。それ以来、にをいが掛かるようになり、同十五年には須磨神港《すましんこう》布教所を開設した。

貢は小学五年生の時に、京塚会長に請われて、京塚家の養子となった。同じ年、京塚会長は、持病の胃潰瘍《いかいよう》が悪化して突然、出直した。須磨神港布教所は教会設立の一歩手前であったが、老齢な会長夫人に請われ、「貢が教会長となるまで」との約束で、とめは五港分教会二代会長に就任した。

単独布教師の心

以後、とめはにをいがけ・おたすけに励む一方で、貢を一人前の布教師に育てることに精魂傾けた。ある意味で、とめが最もにをいがけに力を注いだのは、わが子・貢だったと言えるかもしれない。日々の暮らしのなかで、噛《か》んで含めるように繰り返し繰り返し、貢を仕込んだ。

なかでも、貢にとって生涯の求道の指針となる母の教えに触れたのは、教会の後継者として教務に携わるようになってからだった。貢は当時、本部、上級、教区などを飛び回り、落ち着いて教会にいることが少なくなっていた。そのころから、心に一つの思いが芽生えはじめた。

〝単独布教に出たい〟

それまで暇を見つけては、にをいがけに回っていたが、思うように成果も上がらず、じれったさだけが心に残った。

〝布教ひと筋に専念したい、母と同じように裸一貫から始めてみたい〟

その思いは日に日に強くなっていった。そしてある日、とうとう思いの丈《たけ》を母にぶちまけた。

とめは貢の言い分を聞き終わると、静かに口を開いた。

「あんたは、すでに単独布教をしているのと同じなんやで。見知らぬ土地で思う存分、布教に専念したいという気持ちはよう分かる。しかし、あんたにはたくさんのお役が与えられているやないか。そのお役は人がつけたのとは違うで。教祖がお与えくだされているんやで。見知らぬ土地で単独布教できる人は、教祖がその人にそういうお役を与えてはるのや。どちらも教祖の大切なご用や。だったらあんたは、自分に与えられたお役に一生懸命、力を尽くすことが大切なんと違うか。

それに、あんたはこのお母ちゃんと一緒に、小さい時から、この神戸で単独布教させてもろうてるやないか。よふぼくにとっては、いま住んでいるところが単独布教地なんやで。毎日が単独布教と思うて、この街でにをいがけ・おたすけに精魂込めて努めたらええのんや。何も遠いところへ行かんでもええ」

金《かな》づちで頭を殴《なぐ》られた思いがした。正直、単独布教に出たいという思いの底には、教会を興して名を挙げたいという道の若者としての〝野心〟があった。母はそれを見通していたのだ。

とめの言葉はさらに続いた。

「単独布教師というのは、ええもの食べたい、ええもの着たい、ええとこ住みたいという欲を

晩年のとめ

忘れないかん。わが家、わが身を思うているうちは、ほんとの布教なんてできやせん。親神様、教祖に喜んでもらいたい、皆さんに喜んでもらいたい、この心一つで生涯を通すのが、単独布教師の根性や」

　もはや、これは母の言葉ではないと思った。〝教祖が母の口を通して自分を仕込んでくださっている〟。そう感じた。

　どんな立場にあっても、毎日を単独布教の心で通ること――以来、貢は母のこの教えを胸に、毎日のにをいがけを続けている。

◇

　昭和四十三年、貢は三十六歳で五港分教会三代会長に就任した。一度は息を引き取ったわが子の晴れ姿を、とめはどんな思いで眺《なが》めたことだろう。その後は、陰から新会長を支えた。

最期まで単独布教師の心で

昭和四十八年、とめは八十歳を迎えた。教会の朝夕のおつとめ、月次祭、上級の月次祭を元気に勤める日々を送っていた。ところが、夏に入ったころから体調を崩し、食べ物が喉《のど》を通らなくなった。市立病院で精密検査を受けたところ、胃潰瘍とのことだった。別の個人病院では、胃がんと診断された。

その後、いったんは持ち直し、気分よく療養生活を送っていたが、翌年の夏に再び体調を崩し、こどもおぢばがえり期間中の七月三十日、享年八十一歳をもって出直した。

その前後、貢は、本部少年ひのきしん隊の主任として、おぢばで少年隊員の世話どりに当たっていた。そのさなかに母の容体の急変を知らせる電話を受け、急ぎ駆けつけたが、臨終には間に合わなかった。

自らの出直しが近いことを悟ったとめは、貢の妻・ふくゑにこう言い置いたという。

「貢はおぢばの尊いご用をさせてもろうているのやから、知らさんでもええで。しっかりご用をさせてもらうように、とだけ言うといて」

これが最後の言葉となった。息を引き取るその瞬間まで、単独布教師の心を貫き通した道の女性の出直しの姿だった。

あれから三十年、貢はふくゑとの間に六人の子どもを授かった。いまでは皆それぞれ成人して家庭を持ち、八人の孫がいる。彼らは皆、新学期になると学校に「年間欠席届」を提出する。休む日は、春・夏休み以外の毎月二十六日。本部月次祭に参拝するためだ。

車のほうが便利になったために、電車で帰ることはなくなった。思い出の大阪城を目にすることもない。しかし、貢の心のなかには、いまも母と環状線の車窓から見たあの夕焼けが赤々と燃えつづけている。

「道の働き手になるのやで」

母・森廣貞子《もりひろさだこ》　大石橋《だいせっきょう》分教会五代会長
子・細谷由紀子《ほそやゆきこ》　石ノ台《いしのだい》分教会長

刃物と砥石

昭和四十四年（一九六九年）、兵庫県宝塚《たからづか》市の丘陵地にある住宅街の一角で、細谷由紀子は、姑《しゅうとめ》の介護に明け暮れる日々を送っていた。

嫁いで一年。姑・季子《すえこ》は、幾度となく心臓発作を起こして入退院を繰り返していた。何回目かの入院の際に、脳の深部に腫瘍《しゅよう》があるらしいこと、すでに脳軟化が始まっているが手術はむずかしいことを医者から告げられた。姑は以前からよく失禁し、視野狭窄《きょうさく》や歩行失調で転ぶなどの症状があったが、脳腫瘍が原因だと、この時分かった。まだ、五十九歳だった。

姑の状態は、日増しに悪化していった。失禁の回数は増え、布団を汚すことが多くなった。そこでポータブルトイレを部屋に置いたが間に合わず、やむを得ずおむつを着けた。しかし、それも自分で外してしまう。早朝、目が覚めると、部屋や廊下の至るところに小水の水溜《た》まりができ、大便が壁や畳など、所構わず塗り込められていることもたびたびだった。

そんなときは、朝から風呂《ふろ》を焚《た》き、骨格のがっしりした姑を抱えて、一人で入れた。姑の体についた大便が自分につくのをためらって、妙な抱き方をして鎖骨《さこつ》を折ったこともあった。

姑はやがて、食べたことを忘れるようになった。「嫁は何も食べさせてくれない」と、親戚《しんせき》中に電話をしたり、息子や来客に触《ふ》れ回った。当時はまだ、痴呆《ちほう》について世間の理解はほとんどなかった。由紀子は瞬《またた》く間に、「姑の食を詰める鬼嫁」のレッテルを貼《は》られた。手伝ってくれる人もなく、誤解と非難のなかを悶々《もんもん》と過ごすしかなかった。

そんな日々のなかでの唯一の支えは、月に一度、講社祭に訪れる実母・貞子の存在だった。母は毎月、高齢をいとわず、京都から電車を乗り継いでやって来た。手にはいつも姑の好きな果物《くだもの》や菓子をどっさり提《さ》げて、姑の枕元《まくらもと》に置いて帰った。冬が近づくと、ほっこりとした手作りの綿入れを持ってきて、「起きているときは、これを着てください」と言って差し出した。

姑のとりとめのない話をよく聞き、相手もしてくれた。そんなときは、姑は失禁も少なく、

「嫁は食べさせてくれない」の言葉もなく、表情も優しかった。そして母は、由紀子に必ず、こう言うのだった。

「あんたとお姑さんは、刃物《はもの》と砥石《といし》やで。姑様は砥石や。親神様は、あんたの癖性分《くせしょうぶん》を取ってくださるために、磨《みが》いてくださる砥石をわざわざそばに置いてくれているのや。あんたは研《と》いでもらって輝かせてもらうんやで。いろいろ考えんこと。姑様に手を合わせて通りなさいや」

貞子の歩み

由紀子の母、森廣貞子は明治三十七年（一九〇四年）、大分県東国東郡伊美村《ひがしくにさきぐんいみむら》（現・国見町《くにみ》伊美）に、河野辰次《こうのたつじ》、ろくの長女として生まれた。伊美村は、九州北東に位置する国東半島北端の海沿いの村。半島一帯には中世に「六郷満山《ろうごうみつやま》」と称される仏教文化が栄え、古くから「仏の里」と呼ばれる信仰に縁の深い土地柄だった。

河野家は、かつて庄屋を務めた裕福な家だった。貞子は何不自由ない少女時代を過ごし、杵築《きつき》高等女学校に入学、卒業後は大阪に住む南画家《なんが》の伯父《おじ》、河野朱石《しゅせき》のもとに行儀見習いとして住み込み、昭和二年、二十四歳の時に近村、岐部《きべ》の森廣七郎《しちろう》と結婚した。森廣家もまた、かつて庄屋を務めた大地主だった。その後すぐに、二人は満州《まんしゅう》（現・中国東北部）に渡った。

当時、日本は朝鮮半島の植民地化を進め、数多くの移民を送り出していた。たくさんの人々が一攫千金《いっかくせんきん》を夢見て、大陸へ移住した。七郎は、大連《だいれん》と奉天《ほうてん》の中ほどにある大石橋《だいせっきょう》という町に居を構えた。町はいつも「南満州鉄道」（通称＝満鉄）の職員や、軍需工場である「南満工業」などの社員で賑《にぎ》わっていた。七郎はここで、マグネサイト、滑石《かっせき》などの鉱物資源の採掘から精鉱所への運搬までを取り仕切る会社を興した。軍需景気に乗って業績は上がり、やがて、町一番の高額納税者となった。

貞子は昭和四年に長女・愛子《あいこ》を、翌年には二女・玲子《れいこ》を出産した。ところが二女の出産後、体調を崩し、高熱が続くようになった。町の唯一の病院である満鉄病院で、肝臓疾患と診断されたが、治療を受けても一向に熱は下がらなかった。ならば最高の医療をと、奉天にある満州医科大学まで足を伸ばしたが、そこでもさじを投げられた。

途方に暮れるなか、様子を聞きつけた隣の天理教布教師が訪ねてきた。貞子は、藁《わら》にもすがる思いで、布教師の話に聞き入った。初めて耳にする、かしもの・かりものの話に、自分の病状はまさに〝医者の手離れ〟と悟り、おさづけの取り次ぎに身を任せた。神様にすべてをお任せする心を定めて医薬を捨てると、その日を境に、病状は薄紙《うすがみ》をはぐように回復していった。

やがて、貞子は町外れにあった天理教大石橋分教会に、二人の娘を連れて足しげく通うよう

昭和十六年、大石橋時代の一家。右から貞子、由紀子、玲子、直道(前列)、愛子(後列)、七郎

になった。町の名士の妻と娘が天理教の教会に通う姿は、たちまち人々の知るところとなった。そして、年に一度は、大連から船でおぢばへ帰った。船中、娘たちは誰はばかることなく、声高らかに〝おつとめごっこ〟をした。のちに行われた普請《ふしん》をはじめ、教会のご用には、物心両面から懸命に尽くした。

その後、昭和十二年には長男・直道《なおみち》を、十五年には三女・由紀子を出産した。夫の事業も順調に進み、順風が吹いているかに見えた。しかし、日中戦争を契機に急転直下。日本が第二次世界大戦へと突き進むと、一家の前途にも靄《もや》がかかりはじめた。

日本が戦争に明け暮れるさなか、大石橋分教会もまた、曲折の道を歩んでいた。同十七年、貞子の教えの親である松山《まつやま》ヌイ会長が出直し、後を継いだ息子、一郎《いちろう》会長も終戦の数日前、関東軍に現地召集《しょうしゅう》された。貞子は、残された会長夫人を一人にしておくわけにはいかないと、ソ連軍の撤退後、八《はち》路《ろ》軍《ぐん》と国《こく》府《ふ》軍《ぐん》が激しく戦火を交えるなか、一家で教会に移り住むことを決めた。

ところが、いよいよ移ろうというときに、七郎が病に倒れた。腹部に大きなしこりが出来、腸閉塞《ちょうへいそく》とその痛みにもがき苦しんだ。町はすでに廃墟《はいきょ》と化し、病院も潰《つぶ》れ、医薬品もない。貞子は生まれて間もない二男・守《まもる》をおぶって、ひたすら教会へ足を運び、戻ってはおさづけを取り次いだ。しかし、七郎は見る見る衰弱してゆく。

「森廣さん、もうあかん。お葬式の用意をせにゃ」

火葬のための薪《たきぎ》集めを始めたほうがいいと言う近所の者もあった。それでも、貞子はあきらめなかった。

「十年で結構です。夫の寿命を延ばしてください」

そう願って、黙々と日参とおさづけの取り次ぎを続けた。やがて、七郎の病状は峠《とうげ》を越え、快方へと向かっていった。子どもたちは父と母の姿に、「神様はおられる」と確信した。

理想は高く、生活は低く

翌年、一家は満州を無事に引き揚げ、故郷、大分県岐部村に帰ってきた。ただ、旅順《りょじゅん》高等女学校に通っていた長女・愛子だけは、連れて帰れなかった。貞子は朝な夕な、家に祀《まつ》った神実《かんざね》様に愛子の無事を祈りつづけ、陰膳《かげぜん》を供えた。愛子は不思議な親神様のお導きによって、無一文にもかかわらず、最後の引き揚げ船で無事、帰ることができた。

大石橋分教会のお目標《めどう》様は貞子が持ち帰ったが、出征した一郎会長が行方不明のため、別府《べっぷ》で布教していた高橋《たかはし》リンが四代会長となって復興した。

日本への帰郷は、一家にとって使用人に家事を任せる優雅な生活から、自分で鍬《くわ》を持ち大地と向き合う生活への転換でもあった。戦後の農地改革による地主制度の撤廃で、森廣家には一家七人が自給自足できるほどの田地《でんじ》だけが残された。その土地で、七郎と貞子はタバコ栽培を始めた。

しかし、七郎と貞子に悲壮感はなかった。かえって、農作物を育てることを楽しんだ。そんな両親の姿を見て、子どもたちも穏《おだ》やかに育った。物はなくても、家のなかはいつも母のぬくもりで満たされていた。両親は、「理想は高く、生活は低く」をモットーに、どんな暮らしのなかでもプライドをもって生きることを、子どもたちに教えた。

貞子はあれこれ工夫しながら、季節に合わせて子どもたちの衣類を見事に仕立てた。絞りの羽織や、絽《ろ》の着物は夏物のワンピースに、運動会には白いカーテンがシャツに、黒いカーテンがブルマになった。秋祭りには、引き揚げの際に唯一持ち帰った金紗《きんさ》の晴れ着を毎年縫《ぬ》い変えて着せた。冬前には毎年、それぞれの成長に合わせて、ほっこりした綿入れを作った。

農閑期《のうかんき》には藁を打ち、家族の一年分の藁草履《ぞうり》を編んだ。ハギレを使った色とりどりの鼻緒《はなお》がきれいで、由紀子は新しい草履を下ろす春をいつも心待ちにしていた。国東半島の冬は寒い。道端に雪が積もる日、ほかの子どもたちがコート姿で小学校へ通うなか、由紀子は母のぬくもりのこもった綿入《わたいれ》と藁草履で嬉々《きき》として通った。

森廣家のいんねん

そのころ、お道では戦災をこうむった教会や、海外からの引き揚げ教会が次々と復興を遂げていた。貞子の所属する京城大教会《けいじょう》でも普請が進んでいた。そして、おぢばは、来る教祖七十年祭（昭和三十一年）へ向けて活気を帯びていた。貞子のもとへも、詰所でのひのきしんの勧めがあった。しかし、子どものことを思い、心を決めかねていた。

ある朝、貞子は朝餉《あさげ》の支度に掛かって仰天《ぎょうてん》した。カマドの前に置いてある腰掛け用の丸太が真っ赤になって燃え尽きていたからだ。そばには薪の山があった。〝もし、燃え移っていたら、家は焼け、近所にも火が及んでいただろう〟。背筋が冷たくなった。

火を出せば七代祟《たた》る、といわれた時代だった。カマドから離れていて、燃えるはずがないと思っていた丸太が黒焦げになっていたことにも驚いたが、それ以上に、丸太一本で済んだことに神様の思惑《おもわく》を感じた。ここが運命の切り替え時と悟った。

すぐに七郎と相談し、家と田地田畑《でんばた》をはじめ全財産を処分して、大教会の普請にお供えした。そして、一家で詰所に住み込んだ。

詰所では、貞子は炊事場を一手に引き受けた。当時はまだ炊事本部もなく、詰所ごとに煮炊きをしていた。毎朝二時に起き、夜寝るまで休む間もなく働きつづけた。うだるような猛暑の日も、身を切るような厳寒の日も、調理、配膳《はいぜん》、後片づけと、毎日黙々とこなした。直径一メートルほどの鍋《なべ》や釜《かま》は、いつも黒光りするほど磨き上げた。人の嫌《いや》がる漬物《つけもの》部屋での作業にも進んで当たった。男手にも余る大きな漬物石を持ち上げ、毎日こまめに手を加え、帰参者に喜んでもらおうと食べごろを待った。

詰所に住み込んで三年目、七郎が脳卒中《のうそっちゅう》で倒れた。すぐに「よろづ相談所」に運んだが、一週間で出直した。昭和三十年八月十二日、奇《く》しくも、満州で命を取り留めてから十年後のことだった。

昭和三十年、教祖七十年祭を目前に詰所の炊事係をしながら修養科へ。右は由紀子。この年の夏、七郎出直し

その後、由紀子は奈良の県立高校に入学、さらに保健師という専門職を目指して進学、貞子は直道の就職を機に、詰所を出て、神奈川県川崎《かわさき》市に移り住んだ。そして、六十歳にして調理師免許を取り、とある会社に勤め、その社員寮の管理と食堂を受け持った。

昭和三十九年には直道が結婚、間もなく二人の孫を授かった。貞子の波瀾万丈《はらんばんじょう》の人生に、ようやく平穏《へいおん》な日々が訪れたかに見えた。

しかし、教祖八十年祭の翌年、人生最大の節《ふし》に遭遇《そうぐう》した。直道の妻・歌子《うたこ》の腹部に、手で触って分かるほどの大きなしこりが見つかったのだ。胃がんだった。二人の間には、二歳九カ月の長女と十カ月の長男がいた。

歌子の病に、貞子は言いようのないショックを受けた。それは、息子が夫と同じ道を歩もうとしていると直感したからだった。実は七郎にとって、貞子は二人目の妻だった。先妻は肺結核で死亡、その子どもも夭折《ようせつ》していた。

貞子がこれまでお道を真剣に通ってきたのは、家が絶えるという森廣家のいんねんを、わが子に継がせてはならないとの切なる願いからだった。にもかかわらず、いま再び、息子夫婦が同じ目に遭《あ》おうとしている。

〝かわいい子や孫たちに同じ道を歩かせてはならない〟

貞子は直道の家に駆けつけ、涙を流しうろたえる息子と、残された二人の幼子を前に、凛《りん》とした声で言い放った。

「直ちゃん、これはお道を真剣に通らせていただくようにという、親神様からのお知らせなんや」

そして、自らはすべてを捨てて、生涯を道一条に捧《ささ》げる心を定めた。

当時、大石橋分教会は高橋会長の死後、再び事情教会となっていた。そこで、自身は大石橋分教会を復興させていただくこと、そして子どもたちにも、それぞれの立場で真剣に道のご用をつとめるよう丹精していくことを、神様に誓った。

子や孫への丹精

歌子は、総婦長として愛子の勤める大阪の病院で手術を受けた。患部は切除したものの、がんはすでに腹膜に転移していた。「手術の傷が治ったら、一日も早く退院させて、残り少ない人生を少しでもご家族と一緒に……」と、むずかしい手術を終えた主治医は家族に説明した。

歌子は手術後、大量の輸血による血清肝炎《けっせいかんえん》や尿毒症《にょうどくしょう》を患うなど、幾度となく命の危機にさらされたが、一カ月後に退院。まだ、おかゆがようやく喉《のど》を越す状態で、貧血でフラフラしながらも、親神様にすべてをお任せして修養科に進んだ。

その間、貞子は二人の幼子を伴って、上級の満洲関東《まんしゅうかんとう》分教会に住み込み、ひのきしんに励んだ。こうして、教会復興への第一歩が始まった。


貞子は以前から、子どもたちの家庭をよく訪れたが、道一条となってからは、前にも増してこまめに回るようになった。それは、子どもたちを道のご用に引き寄せるための、いわば下地づくりだった。姑の介護に明け暮れる由紀子のもとに通ったのも、ちょうどこのころのことだった。

訪問の際、孫に土産《みやげ》を持っていくことは一度としてなかったが、どの孫もおばあちゃんを慕い、話をしたがった。それは、温かい言葉をかけてくれるからだった。

「あんたは世界一の子や。かけがえのない子やから、大事な子やで」

「神さんから頂いた一等賞の子やで」

また、貞子は孫たちにいつも、

「天の貯金をしっかりとさせていただきなさい。それが一番の安心の道よ」

と言って聞かせた。

由紀子の二女・あき子は幼いころ、持病のぜんそくで寝込むたびに「京都のおばあちゃんを呼んで」とせがんだ。貞子が駆けつけて、おさづけを取り次ぐと、安心して眠った。その喜びをあき子がつづった作文「天の貯金」は、県の福祉教育読本に収録された。

学芸会など孫の発表の場があるときは、必ず駆けつけて応援した。物は与えないが、言葉や態度を通して惜しみなく愛情を注ぎ込むのが、貞子の子育てのスタイルだった。

そんな母のぬくみは、疲れきっていた由紀子の心を癒《い》やしてくれた。しかし時として、厳しい一面を見せることもあった。

ある時、大便でドロドロに汚れた部屋の後始末をしているところに母が訪れた。由紀子は心中、穏やかでなかった。おそらく顔は引きつり、目は吊《つ》りあがっていたであろう。その表情を見て、貞子はいつになく、きつい口調で言い放った。

「姑様とあんたが巡り会ったのは、持って生まれたいんねんやで。『いんねんなら通らにゃならん。通って、果たさにゃならん』といわれるよ。かわいい二人の娘に、同じ道を歩かせたくないやろ」

胸にクサビを打ち込まれた思いがした。何も知らずに祖母の来訪にはしゃぐ娘の姿が、母の言葉をいっそう心の奥深くにまで染《し》み渡らせた。

命を賭した母の仕込み

昭和四十九年、まさに教祖九十年祭の旬《しゅん》、大石橋分教会は京都市山科《やましな》の地で復興を果たし、貞子は七十歳にして五代会長となった。歌子は手術から六年、がんが悪化することなく、さらに二人の子どもをもうけ、元気に日々を過ごしていた。

ところが、教会長となって五年目を過ぎたころから、貞子は体調を崩しはじめた。由紀子に届く便りにも、不調を訴えることが多くなった。

自分の体の異常に、ただならぬものを感じたのだろうか。貞子はいよいよ、子どもたちを道のご用につかせる総仕上げにかかった。

まずは、長女からだった。ある総合病院で総婦長を務める愛子は、病院になくてはならない存在となっていた。それでもあえて、辞めるよう説得した。

毎年元旦は一族そろって神戸の上級教会へ参拝(写真は昭和51年)。前列左から、玲子、愛子、貞子、右端が由紀子。後列、右から3番目が歌子、4番目が直道

「総婦長の埋め合わせはいるけれども、お道の人だすけは、よふぼくにしかできない道なのよ。いまから、その道を選びなさい」

繰り返し繰り返し、諭した。愛子にとって、これまでの母の人生を振り返るとき、その言葉は重かった。決心して、院長と理事長に退職の話を切り出したが、まったく耳を貸してもらえなかった。

それでも、いよいよ辞意を固めて二人のもとへ行くと、話は意外にもスムーズに進んだ。そして最後に、「お母様にくれぐれもよろしくお伝えください」と、ていねいなあいさつを受けた。

狐《きつね》につままれた顔をしていると、「お母さまからのお手紙です」と封書を手渡された。なかには、見事な筆遣いで、こう認《したた》められていた。

「看護婦の代わりは万とございましょうが、私どもの目指す人だすけ、世界たすけの人材は、この娘をおいてほかにはないのでございます。どうぞ、この娘の退職をお許しくださいませ」

大病院の院長や理事長相手にも、臆することなく堂々と神の道を貫き通す母の熱い思いが、行間から伝わってきた。

それから間もない昭和五十四年、貞子は体調を崩し、京都日本赤十字病院に入院した。肺がんの末期だった。やがて、本人の希望で一切の治療をやめ、自宅で療養することになった。神殿のすぐ横の部屋に床を敷き、愛子と保健師資格を持つ由紀子が主となって介護に当たった。

当時、由紀子は夫の転勤に伴い、静岡県沼津《ぬまづ》市に引っ越していた。姑のことは、環境の変化が痴呆《ちほう》を悪化させるのを懸念して舅《しゅうと》に託《たく》したが、やがて老人専門病院へ移されていた。沼津に二泊、京都に四泊と、母の看病に通い詰める日々が始まった。


貞子は家に戻ると、愛子に続いて長男・直道に、道一条になるよう説得にかかった。当時、直道は会社の役員に昇進して間もないころだった。

「辞表を出しなさい。おまえはもう、企業マンとしてやるべきことは、すべてし終えたと思う。だから、辞表を出して道一条になりなさい」

直道が帰宅すると、貞子は床のなかから毎日「辞表は出したか」と迫った。けれども、直道はなかなか決心がつかなかった。

貞子の体は日を追うごとに弱っていった。横になると苦しいため、机に体をもたせかけて、正座をしたまま昼夜を過ごした。肺がん末期の呼吸困難と痛みは、分刻みに押し寄せた。しかし、その苦しみを決して口にしなかった。苦しくて絶えきれなくなると、ただひと言、

「おさづけ！」

と叫んだ。そばにいるものが、おさづけを取り次ぐと、不思議にスーッと眠りに就《つ》いた。最後まで鎮痛剤は使わなかった。

毎朝四時には正確に目を覚まし、娘たちに洗面と身づくろいをさせて、午前六時の朝づとめの時を待った。こうして、おつとめに向かう心のあり方を、身をもって子どもたちに示したのである。

年が明けた昭和五十五年、直道はとうとう観念して会社に辞表を提出した。最後の最後まで教祖ひと筋にもたれきる、凛とした母の姿に逆《さか》らうことはできなかった。そして二月末、修養科に入る心を定めた。

その二週間後、戸外では冬の日差しが和《やわ》らぎ、木々の芽がふくらみはじめるなか、貞子はいよいよ最期の時を迎えようとしていた。最後の仕込みは、由紀子に向けられた。体温の下がっていく背中や足を必死にさする由紀子に、貞子は力を振り絞って、こう語りかけた。

「あんたは、お道の働き手になるのやで」

それはどういう意味かと尋ねる由紀子に、消え入るような、しかしはっきりした声で、こう答えた。

「人の嫌がることを、人の見ないところで、人の倍やることや」

これが最期の言葉となった。数時間後、貞子は由紀子の腕のなかで、静かに息を引き取った。享年七十四歳。二十四歳で信仰を始めてから、ちょうど五十年目のことだった。

翌月の『京城月報』（京城大教会発行）には、修養科第四六七期生の近況を伝える写真が載せられた。なかには、満面笑顔の直道の姿があった。その同じ面に、貞子の訃報《ふほう》が写真入りで掲載されていた。一見偶然に見えるこのことが、実は一人の母の命をかけた壮絶な仕込みの結果であることを知る人々は、感慨深げに紙面を眺《なが》めた。

子らに息づく母の思い

それから三カ月後のおぢば——そこには姑・季子を車いすに乗せて修養科に通う由紀子の姿があった。貞子は老人専門病院で生きる屍《しかばね》と化していた季子のことを、最後まで気にかけていた。夫をはじめ周囲の人々は、姑の寝たきりを修養科でご守護いただくという由紀子の考えに、猛反対した。しかし〝お道の働き手になれ〟という母の遺言に対する、これが由紀子の答えだった。

痴呆となり、体中の関節が固まって、食事もトイレも自分でできない季子を介助しながらの修養生活は、予想以上に厳しかった。まさしく〝人さまの倍の働き〟をするスタートとなった。そのなかを周囲の人々にたすけられながら、親神様にもたれ、母・貞子を思って、由紀子は無我夢中で過ごした。そして、奇跡は起こった。三カ月の間に姑は自分の足で歩けるまでに回復。おむつは取れ、感話大会では壇上に立ち、「いままで、生きていて本当によかった」と語れるまでにご守護いただいたのである。

その後、由紀子は沼津に戻り、石ノ台《いしのだい》布教所を開設。姑のように体にハンディをもつ人々が布教所に繋《つな》がるようになり、教祖百年祭の翌年、昭和六十二年には事情教会を石ノ台分教会として復興し、会長に就任した。

その間、ほかの兄弟たちもそれぞれ道の働き手として歩んでいた。長女・愛子は京城部内の京山《けいざん》分教会に嫁ぎ、教会長夫人となった。二女・玲子は事業のかたわら、事情教会だった橋之《はしの》里《さと》分教会を復興、二男・守は、布教所を開設した。

そして直道は、貞子の跡を継いで、大石橋分教会六代会長を務めた。しかし平成元年、惜しくも病のために出直した。その後継をしたのは、かつてがんで命の期限を切られた歌子だった。いまも元気に七代会長を務めている。

孫たちも十三人のうち、三人は教会長後継者の道を歩み、三人が布教所を開設、あとの者も家に神実様を祀った。

「母は常々『お道はスパッと通らないかん』と言っていましたが、いま考えても見事な最期でした。文字どおり、命をかけて、私たちに人生の切り替えを促してくれました」

神一条に徹しきった自らの死にざまを通して、子どもたちを道一条へと引き寄せた一人の母。その岩をも穿《うが》つ思いは、確実に子どもたちへ受け継がれ、いま、さらに次の世代へと繋がろうとしている。

理屈に勝る母の人生

――インタビュー――

母・芝《しば》ふみ　はるれひ分教会初代会長夫人
子・芝太郎《たろう》　はるれひ分教会長

「天の貯金しておこうな」

私が小学五年生の二学期の初めのことです。ある朝、目が覚めると顔が腫《は》れぼったくてね。それが二、三日続いて、これはおかしいということで近くのお医者さんに診《み》てもらったんです。尿検査をするとタンパクが下りていて、血圧を測ったら二百何十だったかな。急性腎臓炎《じんぞうえん》になっていました。

お医者さんが驚いて、「放っておいたら命にかかわるから、すぐに入院するように」と。けれども、親はそれこそ布教の道中で、入院させることもできなかったんでしょう。家に戻ると、それから毎日、お医者さんのところにおしっこを持っていったように思います。腎臓炎と分かってからは、母は、塩をまったく使わない料理を作ってくれたり、スイカの種を煎《せん》じて飲むといいと聞いてきては、それを飲ませてくれたりしました。

何日か経《た》って、結局、父が「おしっこが出なくて顔がむくんでいるわけやから、これはもう、出すしかないんだ」と言ってね。出すと言っても何もなかったと思うのですが、いくらかお金を集めて、母がおぢばへ運びました。

すると、その日の夕方におしっこが出だしたんです。どんどん出るものだから、「ぼく、ものすご、おしっこ出るわ」と驚いてね。ちょうどその時間に、母が参拝をさせてもらって、お供えをさせていただいたみたいです。その日を境にどんどん良くなりまして、ご守護を頂きました。

◇

そんなことがあったからでしょうか。小学校で家庭科の授業が始まりまして、最初に裁縫《さいほう》道具のセットを買うんです。ところが母は、ちょっとでもお供えするんだと、買ってくれない。

そのころ売っていたノーベル賞飴《あめ》という飴の缶が、ちょうど裁縫セットの箱と同じくらいの大きさだったんです。それに布を張って、自分の持っている針と糸を入れて、「これを持っていきなさい」と。恥ずかしいなあと思いながら、使っていたのを覚えています。

いま考えてみると、そういうことはもっと小さい時からありました。たとえば、子どもが学校から帰るころに、紙芝居《かみしばい》のおじさんが近所にやって来るんです。五円くらいのお菓子を売っていて、買った子には紙芝居を見せてくれるわけです。買わずに後ろのほうで見ていると、「買わない子は見たらダメ」と、追いやられてね。それで母に、「紙芝居を見るから五円ちょうだい」とねだると、

「お金はないことはないんだけれど、使ってしまったら、いまの楽しみでアッという間に終わってしまうから、うちは天の銀行に貯金してあるんだよ。あとあと徳を頂くためには、天の銀行に貯金しておかないと。だから、いまは使わないで、あんたがあとあと良くなるために、天の銀行に貯金しておこうな」

と言うんです。

母の歩み

母は、長年続いた老舗《しにせ》の乾物《かんぶつ》問屋の娘で、みんなから〝こいさん〟と言われて、何不自由なく育ちました。そこへ、父の太七《たひち》が養子に入りました。芝家は代々、男の子が育たず、芝家の

信仰初代である祖父も養子でした。また、最初に結婚した夫婦が早くに死に別れる、といういんねんもありました。

父と母の間には戦前、一郎《いちろう》と和子《かずこ》という子どもがいましたが、どちらも小さい時に亡くしています。二人目の和子を亡くしたのは、戦争が終わる少し前のことで、父は出征して行方不明でしたから、母のショックは大きかったようです。

昭和十五年ごろの一家。太七はこのあと出征、行方不明に。ふみが抱いているのは和子

ところが祖父は、母に対して、

「これが神様のお慈悲だということが分からんのか」と。

「どうせ亡くなる運命だったら、大きくなってからよりは、いま、こうして亡くなることによって、おまえが芝家のいんねんを自覚して信仰に目覚めてほしいという神様のお慈悲だ。いま亡くなる意味は、そこにあるんだ」

祖父は妻を早くに亡くし、芝家のいんねんを悟って信仰を深め、店を畳《たた》んで道一条になりました。ですから、母に「芝家のいんねん、運命を変えるためには信仰しかないんだ」ということを教えたんじゃないかと思います。

世の中にはつらいことがたくさんありますが、子どもを亡くすのは、最もつらいことの一つでしょう。その一番つらい時に、そんなことを言われても、おそらく本当に分かることはなかったでしょうね。でも、母もだんだん気持ちが治まってきたら、祖父の言う意味が分かるようになってきたのではないかと思います。結局、母は祖父の信仰を継ぎました。

天涯孤独の寸前から

昭和二十一年に祖父が出直した時、母は天涯孤独の身の上になりました。父は戦地で行方知れず、子どもは二人とも亡くし、弟も戦死。どう生きていったらいいのか、だれを頼っていいのか分からなかったと思います。

でも、祖父の信仰のおかげで、おぢばに住まわせていただき、また、柳井徳次郎《やないとくじろう》（中央《ちゅうおう》大教会初代会長）先生のような、素晴らしいおたすけ人の先生にもご相談できるようになったのは幸いでした。

父は天理教が大嫌いで、母と結婚してからも大阪の府庁に勤めていました。ところが終戦後、シベリアに抑留《よくりゅう》され、生死の境を行くような苦労をなめて人生観が変わり、同じ生きるにも、仕事をするにも、真実に触れる生き方や仕事をしないといけない、という気持ちで帰ってきました。

そして、天理駅で出迎えた母のハッピ姿が鮮烈に目に映って、「これが、自分のこれからの生き方だ」と思えたそうです。だから、父が信仰を始めるきっかけをつくったのは母なのです。

芝家の絶えかけた運命、風前のともしびであった命の流れを考えますと、不遜《ふそん》ですけれども、「元の理」のなかに「めざるが一匹だけ残った」というくだりがありますが、芝家にとっては、その〝めざる〟が母だったと思います。

神様のご守護と祖父の徳のおかげで、父が奇跡的に生還した。父と母の二人から新しく芝家の歴史が始まりました。母の働きはまず、芝家の新しい命の流れをつくり出したという、そこにあったと思います。

その後、命にかかわるような出来事がたくさん起こってきました。そのなかを、父と母は一生懸命通っていきました。

◇

私は昭和二十三年に、天理の宇佐《うさ》大教会信者詰所で生まれました。祖父がそのころ宇佐大教会長を務めておりまして、母は当時、詰所の寮長（いまでいう主任）をしていました。

母は、もともと心臓が弱かったそうです。私を産んだあとも命が危なかったですし、弟の時には、妊娠中から母子ともに危険な状態でした。弟が産まれた時、「よろづ相談所」がいまの洲本《すもと》詰所のあたりにありました。そこへよく、母に会いに連れられて行ったのを覚えています。

父は、昭和二十六年から大阪へ単独布教に出て、しばらくして、独立する形で自分の詰所を持ちました。詰所といっても形だけのもので、もとは呉服屋さんの倉庫でした。そこにしばらく住んで、私は天理幼稚園に通っていました。その途中で、大阪に呼び寄せられたわけです。

大阪の最初の住まいは、いまの教会から歩いて十分くらいのところです。大阪市が戦災者救済のために急造した長屋で、屋根は使い古しのトタン張り。夜になると、釘の穴から星が見えました。

水道は共同で、バケツで水をくみに行って、家のなかに蓄えておかなければなりませんでした。私は小学一年生でしたが、よく水くみを手伝わされたのを覚えています。体が弱かった母は、バケツ一杯の水さえ持てなかったんでしょうね。

◇

父の信仰は、病弱な母を通して、神様から仕込まれたといえます。父はたいへん情が深い質《たち》だったので、母をいたわって一生懸命にやりました。それがそのまま、自分自身の信仰の深まりにつながっていったんだと思います。

信仰というのは、のるかそるかのなかを通っているときに、最も磨《みが》かれるのでしょうね。そのなかを夫婦が手を携《たずさ》えて、よく通ってくれたと思います。

◇

当時、おそらく父は、にをいがけ・おたすけに出歩いていて、母は与《あた》わった信者さんのお世話どりに回っていたんでしょう。学校の参観日なんか、来たことがなかったですね。

とにかく学校から帰ってきても、どちらもいない。小学校の低学年のころから、私は家に帰ると、米を研《と》いで、ご飯を炊いて、掃除をして、というふうにやっていたように思います。

父も母も優しくて、子どもを怒ったりたたいたり、そんなことは一切なかったですね。楽しい家族だったと思います。私が知る限り、夫婦げんかもしたことがないんじゃないですか。怒《ど》鳴《な》り合ったり、たたき合ったり、そんなけんかは一度も見たことがありません。

そうならなかったのは、母ができるだけ父に仕えたからだと思います。父が何を言っても、母は「ハイ」と素直に受けていましたし、何かにつけて、「お父さんのおかげや」と、よく言っていました。

また、父も母のことをよく思って、優しく親切にしていました。母が何か言うと、それをよく聞いて、受け入れていたと思います。

若い時は、やっぱりけんかもしたそうです。母は気ままな苦労知らずの娘だし、父も末っ子の利かん気の男の子でしたから。おそらく信仰する前は、なんやかんやあったのでしょう。

人間同士が心を合わせようと思ったら、むずかしいことはあるけれど、両親の場合、お互いに神様に合わせようとしていたから、わりと無理なく合わせることができたんでしょうね。

それに、祖父は再婚することなく、身をもって芝家のいんねんというものを、また、そのつらさを、父や母に伝えて、「おまえらが夫婦で長生きすることが、わしが信仰しているもとなんだ」と言っていました。それが、父や母の目安になったと思います。

親身の世話どり

古い信者さんの話を聞くと、母は、仕事がない人には仕事を探してくるとか、おなかの大きい方のお手伝いをいろいろさせていただくとか、そういうことをしていたそうです。それこそ出産の時には、駆けつけておさづけを取り次いだりね。ある信者さんで、いまだに事あるごとにこう言う方があります。「難産やったけど、おさづけをしてもらったらポンと産まれた」とね。私が小さいころ、母は、教会に参拝に来られる信者さんに「ご苦労さんやねえ」と言いながら、いろいろな相談に乗ったり励ましたりしていた姿を覚えています。

◇

父や母を思い出しながら、私はこまやかなお世話どりということを思うんです。その世話どりも、とことんするんですよ。たとえば、父が自分の本にも書いていますけれども、ヒロポン中毒で、親にも勘当され見捨てられているような人のもとへも、せっせとお世話どりに運んだり、来たら来たで、まただまされるのが分かっていても、言うことを聞いてやったりね。

教会になって間もないころのことですが、夜中近くになると、ドンドンと裏口の戸をたたく人があるんですよ。お酒を飲んで、グデングデンに酔っ払ってやって来るんです。それで、その人を家へ上げると、罵詈雑言《ばりぞうごん》を吐《は》くんです。とにかくもう、聞いてられないような憎たらしいことをね。父と母は、寝間着姿のままで、じっと聞いているんです。

私は当時中学生で、二階で勉強したりして起きていると声が聞こえますから、つい階段のところまで行ってしまうんです。そうしたら、本当にボロクソに言っているんですね。しまいには、降りていって殴《なぐ》ったろうかと思うくらいに……。

ところが父と母は、「そうやなぁ、そうやなぁ」と、じいっと聞いているんですよ。それで、夜中の二時か三時くらいにやっと、「帰るわ」と言って出ていくんです。

ひどいときなど、部屋のなかで立ちションベンをして帰ったこともあったみたいです。それでも別に怒りもしないで、次にドンドン戸をたたかれたら、また開けるんですよ。

とにかく世話どりというのは、とことんするという……。それが、いまの私たちにできるかなと思います。

太郎の反抗

私は中学校までは、わりと素直だったんです。

天理教というのは当時、周りから良く思われていなかったですから、劣等感のようなものは多少ありましたけれど、それでも父や母を尊敬する気持ちはありました。

ところが、天理高校に入ったころから、信仰に疑問を持ちはじめ、「神様なんか、おらへんのとちゃうか?」と、いろいろ理屈をこねだしたんです。

高校で文芸クラブに入り、作品を読んだり書いたりしているうちに、だんだんと目にも見えない神様を信じる気にならなくなったように思います。

これくらいの年齢というのは、だれもが自我に目覚めて自己主張を始める時期ですね。私の場合は、それが文学的な方向に、思索《しさく》を深める方向に行きました。家が教会だから会長を継ぐ、というのも嫌でしたしね。高校の半ばくらいから、文学か哲学の方向へ進もうと思うようになりました。

父や母が信仰ひと筋で通っているから、自分の道を開こうと思ったら、それを乗り越えないといけない。理屈の上で信仰を負かさないと、自分の人生が開かれない、と思っていました。神様を信じないのだったら、神様はいないということをちゃんと論証して、その上で、人間はどうしたらいいのかという方向へ理論を組み立てていかないといけない。それが、私のやることだと思ったわけです。

◇

私は大学へ行く時、家出をしようと思ったんです。親に言っても許してくれるわけがないですから。でも一方で、親をできるだけ悲しませたくはなかったんです。まじめに、真剣に通っている親ですから、できることなら親孝行して喜んでもらいたいという気持ちもありました。

しかし、いかんせん、自分の望みが親の思いと反対だから、自分の意思を押し殺してまでも親に仕えられない。だから、ほかのことでは親に喜んでもらおう、悲しませないでおこうと思って、あんまをしたり、掃除をしたり、親の手伝いも一生懸命しました。

それで、東京の大学へ行くつもりで、家出の準備をして、部屋の後片づけも済ませてから親に談判したんです。

「自分は信仰とは正反対の方向、つまり物事を疑って進めていくという学問の方向へ行きたい。教会にいればそれができないし、信者さんにも迷惑をかけることになるから、とにかく教会を出たい。出させてください。できれば、東京の大学へ行きたい。そのつもりにしています」

そうしたら父が、苦しそうな息遣いで、

「おまえはわしらの太陽や。おまえを頼みに、また望みに、楽しみにしてやってきたんだから、太陽がいなくなったらもう、わしらは真っ暗や。どうしてもいたくないなら無理にとは言わないけれども、せめて近くにおってくれ」

と、こう言ったんです。これを聞いて、もうそれ以上は言い張れませんでした。

父は条件を二つ出しました。教会を出るのだったら大阪近辺にいること。それから、一週間に一回は顔を見せること。これがなかなか、うまい作戦だったんです。もしあの時、東京へ行っていたら、いまごろどうなっていたことやら……。とにかく、それで大阪の大学に入って、大学の近くに下宿を探して引っ越しました。

けれども、自分でも、よく約束を守ったと思います。毎週土曜日に帰って、トイレや部屋を掃除して回って、夜の九時くらいから父と母のあんまをするんです。一人一時間も二時間もするから、もう夜中までかかってね。それから寝て、日曜日は半日くらいいて、それで下宿へ帰るんです。それが三年ちょっと、毎週毎週続いた。

もう、しまいに泣きましたよ。〝おれは何してんのやろう？〟と。教会を出ると言ったのに、本当には出ていないもの。毎週毎週帰っているから。

親を悲しませたくないという気持ちと、自分の道を開いて独立したいという気持ちの狭間《はざま》で、だんだん苦しく悲しくなって、しまいには死んでしまおうかと思ったりもしました。まあ、ぜいたくな悩みだとは思いますけれども、その時は、確かにつらかった。

◇

父は、それからは、特にこうしろ、ああしろとは言いませんでした。しかし、母は、

「芝家のいんねんは男の子が育たない、夫婦が長く一緒にいられない、一家絶えるいんねんなんだからね。おじいちゃんとお父さんの信仰のお陰で、運命がやっと変わりだしたんだから、

あんたがそんな勝手なことをしていると、アッという間に元の木阿弥《もくあみ》、命がなくなるよ」と言ってね。確か、泣いて諫《いさ》めたと思います。

それからは、顔を見るたびに、「早《は》よ帰ってこなあかんで」とか、「信仰にしっかりつかなあかん」と、それこそ耳にタコができるくらい言われました。私は「分かった分かった」と、聞き流していました。しかし、反抗して聞かないつもりでも、やっぱり聞いているんですね。ボディブローのように、あとで効いてきたんです。だんだんこたえてきて、本当にそうかなと思いだしたんです。

結局、十年くらい、十七歳から二十七歳くらいまで、そういう反抗の道を通りました。

理屈に勝る父母の生き方

大学院へ進んで、修士論文を書いている時に、夢を見たんです。何か宇宙全体、世界全体を見るような大きな目を意識しました。それが、とても寂しい眼差《まなざ》しというか、悲しがっているように思えたんです。これが神様というものかなと、なんとなく感じました。その目は、神様がこの世のありさまを悲しんでいるということであり、私自身の生き方を悲しんでいるのかもしれないな、と思いました。

結局、哲学をやって強く思ったのは、哲学や学問を追究しても、現実のいろいろな人の悩みや苦しみはどうなるのかということです。その時、父や母がおたすけをしている姿が、強く思い浮かんできたんです。学問よりも、実際の暮らしに根づいて、この世の中の真理、真実をたずねていくことのほうが一番値打ちがあると思えてきました。いくら理屈でどうのこうの言っても、長年掛け値なしに通ってきている父や母の人生は、これはもう否定のしようがありませんから。それで、見習いのつもりで帰ったわけです。

◇

最初は、とにかくお道の勉強をさせてもらおうと思って、修養科に入りました。そこであらためて、これは素晴らしい教えだと思いました。それから、にをいがけに回ったり、子どもを集めて少年会活動をやったり……教会のご用をさせていただくうちに、だんだんと、本当に教えの通りだなと思うようになりました。お道というのは、おつとめや、にをいがけ・おたすけ、そういうご用をしないと、本当のところは分からないと、この時、実感しました。

外から見ている理屈はあまり役に立ちません。体験から出てくる理屈が本当の意味で〝理に合う〟理屈なんです。お道の場合も、理屈がまったくいけないというのではなく、しっかりご用をして、実際に道を通って、そのなかから〝天の理〟を見つけだしていくことが大切だと思います。

私の子どもも、大きくなってくると理屈をこねて、「神様なんかいない」と言います。〟ああ、同じ道を通っているなぁ〃と思います。でも、私は「そんな理屈を言うな」とは言わないで、「もっと理屈をこねろ」と言っているんです。理屈には理屈の世界があるから、一生懸命に理屈を組み立てていけばいい。けれども親は、それにとらわれないで、理屈に負けないような、飛ばされないような、しっかりした道を実際に歩むことが大切だと思うんです。そうすれば、子どもは親の通った道、いま通っている道というのは認めざるを得なくなると思います。そのことを、私は父と母の歩みから身をもって学びました。

長い目でものを見る

私が、母の信仰から一番学ばなければいけないのは、運命や、いんねんというものの考え方だと思うんです。つまり、長い目でものを見るということです。

今日というのは昨日の続きで、昨日にはその前がある。反対に、今日の次には明日があって、その次には明後日が来て、というふうに、今日一日だけで、人生や世界というのは済むものではないんだと。

二十年たったら、なんらかの形で二十年後の世界が来る。三十年たったら、三十年後の世界が来る。そのやって来る日に、今日という日は、ものすごくかかわっているわけです。その証拠に、もし祖父が生きていなかったら母は生まれていないし、母が生まれていなかったら私は影も形もない。個人個人では確かに切れているんだけれども、つながって連続している。私の今日一日の生き方が、次の命のあり方、運命のあり方を左右していくというものの見方をすることが、信仰の基本だと思うんです。

祖父は、母にまず、そういうものの見方を教えたのではないかと思います。それを母が心に治めて、なるほど今日だけの人生じゃない、また自分だけの人生じゃないと。明日があって明後日があり、子どもがあって孫がある。のちのちのために、いかに今日を通ればよいかという考え方をするようになって、信仰に目覚めたんじゃないかと思います。

◇

とにかく母は、終始一貫、「芝家のいんねんを自覚して、油断せんように」と言っていました。「子や孫が代々幸せに栄えてくれるように。そのためやったら何でもする」と。

芝家は、母がめざる一匹、風前のともしびで残った時に比べて、たった五十年で、運命がも

はるえひ詰所の前で、夫婦そろって（平成元年）

のすごく良い方向に変わってきました。

でも、やっぱり油断はできないですよね。自分のことも含めて、いろんな信者さんのおたすけをさせてもらって思うんです。運命というのは、火山みたいなものだと。静かにしていると思って油断していると、突然、バーンと爆発するんです。

信仰がなければ、私なども静かな山が普通だと思って、爆発した時は、それは何かの間違いだと思うでしょう。でも、むしろ、爆発している時が本当の姿で、穏やかな時は神様が割り引いてくださっている姿ではないか、それくらいに考えてもいいのではないかと思うんです。

そう考えるところに、普段の通り方を少しでも注意する気持ちが生まれてくると思います。

また、母は、神様のご用にいそしむなかから、「信者さんをはじめ、いろんな方々のお世話どりを通して自分の心も磨かれ、運命も守られる」という信念を持っていました。

母が祖父から教えられた長いものの見方とともに、人さまの世話どりを通して自分が守られるというこの信念を、しっかりと受け継ぎ、実行していくことが、私の務めだと思っています。

他人に篤く、わが子に薄く

母・山﨑夫美子《やまざきふみこ》　南本郷《みなみほんごう》分教会初代会長夫人
子・山﨑國紀《くにのり》　花園大学教授・文学博士

喀血

昭和三十年（一九五五年）九月二十八日朝。この年の残暑はとりわけ厳しく、京都にはまだ夏のなごりが色濃く残っていた。下鴨《しもがも》にある下宿の二階のひと間、山﨑國紀は血の海に倒れ、ただ呆然《ぼうぜん》と天井《てんじょう》を見つめていた。薄暗い部屋に蒸し暑さが増してくる。

大学に出かけようと、顔を洗って部屋に戻った途端の喀血《かっけつ》だった。このまま死ぬのだろうか、いや、まだ死んでなるか……かすかな葛藤《かっとう》がよぎる。しかし、意識は朦朧《もうろう》としてくる。

どれくらいたっただろうか。「山﨑さーん」という声に、ふと我《われ》にかえる。下宿の川本《かわもと》のおばさんである。階段を駆ける音。

「手紙が来てますよー」

川本さんは、襖《ふすま》を開けるなり悲鳴をあげた。

やっと助け舟が見えた。

「おばさん……助けて……」

声を絞りだして、やっとこれだけ言えた。

肺結核の再発。遅れて入った立命館《りつめいかん》大学二年、二十一歳のことだった。

「クニノリヤマイオモシ　スクコイ」

島根県益田《ますだ》市の実家に届いた電報に、両親は卒倒《そっとう》してしまった。「まもなくテスト。むずかしいが頑張るつもり」との手紙を受け取って、安堵《あんど》していた矢先の出来事だった。「オモシ」の内容が分からないだけに不安は一層募《つの》る。母・夫美子《ふみこ》は夏から体調を崩していた。父・栄《さかえ》が単身とにかく、取るものも取りあえず列車に飛び乗った。

下宿に着いたのは翌日朝十時ごろだった。

「國紀……」

「お父さん……」

二人は顔を合わせただけで、もう涙はとまらない。

川本のおばさん「突然の大喀血でしょう。驚きましたよ。すぐ近くの佐野《さの》先生に往診を頼み、止血注射や強心剤で応急処置をしてもらいましたが、なにぶん喀血がひどく絶対安静です。今度喀血すると、とても危険とのことで、気をつけなければ。でも、学校へ行く前でよかった」

栄は幾度も礼を述べ、くれぐれもよろしくと頼んだ。

いまは氷枕《こおりまくら》と氷嚢《ひょうのう》で冷やし、様子を見るしかない。佐野医師は、容体が落ち着けば結核療養所へ入院させたほうがよろしい、とのこと。

栄はおさづけを取り次ぎ、看病に当たった。「母さんがいてくれたら、もっと行き届いたことをしてくれるのに。すまんなあ、國紀」と漏《も》らす。父も子もまた目を潤《うる》ませる。

しかし思い直した。ここは京都だ、おぢばはすぐそこだ、と気づき、栄の京都と天理を往復する日々が続いた。國紀の青ざめて憔悴《しょうすい》しきった顔にやや赤みがさしはじめ、やがて月明けて深泥ケ池《みどろがいけ》の結核療養所「博愛会《はくあいかい》病院」に入院した。

「お母さんはよう来《こ》んかったが、無理せんとゆっくり休め。学校もしばらく休学すればええ。また来るからな」

と言い残して、父は帰途についた。

國紀の寂しい療養所の日々が始まった。〃親父《おやじ》は来てくれたが、おふくろは来てくれなんだ〃。そのことを思うと、なおさらわびしさが増し、言いしれぬ寂寞感《せきばくかん》に支配されていくのだった。

冬の日

昭和三十年六月一日付の教務支庁の教勢調査によると、「本郷《ほんごう》布教所所長山﨑夫美子　役員山﨑栄　教人五人、よふぼく四十四人、信徒百十五人」とある。名実ともに兼ね備えた布教所をもち、人だすけに奔走《ほんそう》していた。それが母・夫美子であり、本部の大祭は言うに及ばず、別席者、おさづけ拝戴《はいたい》者を連れては、毎月のように何度もおぢば帰りをしている。それも、益田から山陰《さんいん》本線で京都経由で天理に向かう。帰路もそうである。なのに、京都で下車したことはなかった。國紀には、それがたまらなく、心のなかで何度地団駄《じだんだ》を踏んだかしれない。

昭和30年当時の夫美子

「おふくろ、なんで来てくれなんだ。いつも放《ほ》ったらかしで、倅《せがれ》のわしがかわいくないんか！」

父が代弁するように言った。

「お母《かあ》さんはなあ、本当は来たいんや。ものすごく来たいんや。だけど、いつも信者さんを連れている。預かった信者さんを大事にするのがお母さんや。お母さんはなあ、一生懸命〝神の道〟に邁進《まいしん》しているんや。そうしておれば、わが子は神さんがちゃんと守ってくださると、この信念のみを支えとして歩んでいるんや。そこを分かってやってくれ」

待つ子どももつらかったが、行ってやりたいが情にほだされては元も子もなくなるかもしれないと思う母は、もっと苦しかったにちがいない。しかし、孤独な國紀には納得できるものではなかった。

「なんで、なんで来てくれないんや」

求める思いは募るばかり。何度も夢枕《ゆめまくら》に母はあらわれ、しきりに母に甘える子どもの自分を見るのだった。

それでも、一度だけ母は姿をあらわした。それも入院以来、一年四カ月も経《た》った冬のある日だった。夫美子の心に一つの区切りができた。教祖《おやさま》七十年祭（昭和三十一年）を迎え、丹精した信者たちの育つ姿を確認したからだった。このときはさすがに、母子ともども、久しぶりに見るお互いの元気な様子に接し、喜んだり、泣いたりの感動の対面となった。

この母子対面で、國紀のなかの母に対するもつれにもつれた糸が解《ほぐ》れたが、その真の心の内《ない》奥《おう》を知るには、なお遠い道すがらが必要だった。二つの糸はまったく異質のものだったのだ。療養所での暮らしは徐々に生気を取り戻しながらも、その日その日に引きずられながら過ぎてゆく。それはまさに梶井基次郎《かじいもとじろう》の『冬の日』ですよ、と國紀は言う。

「冬になって尭《たかし》の肺は疼《いた》んだ。落葉が降り溜《たま》っている井戸端の漆喰《しっくい》へ、洗面のとき吐《は》く痰《たん》は、黄緑色からにぶい血の色を出すようになり、時にそれは驚くほど鮮《あざや》かな紅《くれない》に冴《さ》えた。……彼は血の痰を見てももうなんの刺戟《しげき》でもなくなっていた。が、冷澄《れいちょう》な空気の底に冴え冴えとした一《ひと》塊《かたまり》の彩《いろど》りは、何故《なぜ》かいつもじっと凝視《みつ》めずにはいられなかった」……（岩波文庫）

神の存在

二年にも及ぶ療養所生活にピリオドを打って、郷里に戻った夏の夜のことである。突然、國紀に再び異変が起こった。大喀血だ。夜半、隣に寝ていた兄、敏紀《としのり》を起こした。

「敏兄《にい》よ、電気をつけてくれ。喀血しているから動けん……手ぬぐいを取ってくれ」

瀕死の重病人の声に飛び起きて、電灯のスイッチをひねった。同時に、

「分かった。静かにしておれ。動くとまた喀血するから」

と言い残して、敏紀は両親の寝室に急を告げた。すっ飛んできたのは父だった。後始末をして、おさづけを取り次いだ。

家族の一人の例外もなく、心が苦しさと暗雲に包まれた暑い夜は明けた。緊急事態というのに、ついに母は、かわいいはずの子の部屋に姿を見せなかった。

國紀は、仰向《あおむ》けに寝たまま、肺結核に陥《おちい》った高校時代のことを思い出していた――。

「私が肺結核に気づいたのは、天理高校三年生、昭和二十六年六月のことでした。当時は肺病と呼んで、死病とまでいわれていました。グラウンドでボールを持って走り回っている最中、呼吸困難になってバッタリ倒れた。これが長い闘病生活の始まりだったわけです。担架《たんか》で運ばれレントゲンを撮ると、両肺は真っ白、肺浸潤《はいしんじゅん》と診断されました。一週間絶対安静を言いつけられ、その後、義兄に付き添われて天理を去りました。車窓にしたたる雨の雫《しずく》を見つめながら、もう二度と天理には来られないだろうと、しみじみ思いましたね。以来二年間、自宅療養をしたわけですが、思えばこの時期が一番、信仰の話をたたき込まれたときですね。益田分教会の当時の会長さんに、お世話になりました。

父も母も言うんです。『肺病は人がみなよけて通る。嫌われる。おまえの心はそれと同じだ。思うてもみい。小学校から中学校、高校と、おまえはどれだけ人に苦しみを与えつづけてきたか。肺病になるのは当たり前じゃ』とやられました。私は、少年期はどうしようもない腕白《わんぱく》でした。その私がですよ、親に言われるままに便所掃除をしたんです。毎日毎日、ヒイヒイ言いながら。それが済んだら、『今度は益田の教会へ行って、教会の周りから何から何まで全部掃除してこい』。はい、と素直に行きました。時々、会長さんからありがたいお説教があるんです。足が痛《いと》うなる、しんどいけど切々たるお話、本当にありがたかったです。ところが、のど元過ぎれば熱さ忘れる、ですよ。

当時、言われるとおりにしたものの、気胸《ききょう》療養していた私には無理が過ぎました。肋膜《ろくまく》になって水がチャポンチャポン溜《た》まってしもうた。疑問がわきましたよ、まだ若いころですから。自分は教会に行って便所掃除までしているのに、なんでこんなに苦しまねばならないのか。それみろ、神さんなんかおるわけないじゃないかと、おふくろと激しくやり合いました。するとおふくろは、おまえにはまだ分からんのだ、と言う。『自問自答……おまえは観念的にも現実的にも神に対して肯定していないではないか。いや違う。現実的には神を否定していても、観念的にはいくらか神の存在を肯定している。だから毎朝、教会に参拝し、自分の悪いんねんを少しずつ切らしてもらおうと思っているのだ』――古い日記を開いてみると、結局、神の存在を認めるか否か、高校三年生の時に、この命題にぶち当たっているのですね。

それがあったからでしょう、もちろん、大学に入って倒れた時は、さすがに『神様、たすけてくださーい』と、一人泣いていましたがね」

母への疑念

高校の時、ひとつ違いの兄・敏紀も肺結核で養生していた。布教所時代、玄関横の一室が兄弟の部屋で、夜中に喀血したのもここだった。

毎日、朝といわず夜といわず、このころには本郷布教所には多くの人がたすけを求めて訪ねてきていた。奥に神様が祀《まつ》ってある。そこで母は優しく諭《さと》し、おさづけを取り次ぐ。相手の身になった、心を同化させた態度でしか、真の優しさはあらわせない。これまでから、困っている人を見ると放っておけない性分《しょうぶん》が、そこかしこに顔を出し、飢《う》えた人には食を、凍《こご》える人には衣類を差し出してきた。孤児を長年預かったこともあった。

人には、際限なく身を投げ出してまで尽くしてゆく。そのくせ、わが子には見向きもしない。そのコントラストが強烈だったため、子どもたちには、なおさら納得がいかない。國紀は、この母の行為がどうしても理解できず、姉の家を訪ね、胸の内の憤《いきどお》りをありったけ打ち明け、号《ごう》泣《きゅう》したこともあった。

ある冬の夜、鬱積《うっせき》していた兄弟の疑念が噴出した。國紀は食卓につくなり、

「あーあ、ヒジキの煮物か。食欲がわかんなあ」

とつぶやいた。体力をつけるため食事の改善を求めていたが、母にことごとく一蹴《いっしゅう》されていた。

重い箸《はし》を運びながら、こらえきれず口を開いた。

「婦人雑誌を読んでると、肺結核には安静が一番だとか、化学療法で治療する症例が出ている。信仰信仰と言ってばかりいないで、お父さんだって医者の適切な処置を受けたらどうかな。うちは年中、病人が絶えない。確かにいんねんが悪い家かもしれんが、健康を無視した食生活に問題がある。弱い体を無理強《じ》いして他人の面倒を見るのは、ほどほどが大切やで。栄養も安静も十分とって、体力増強に惜しみなく手を尽くしたらどうかなあ」

敏紀もあいづちを打った。

「そうだよ、全く同感だ。わが家の生活は常軌《じょうき》を逸《いっ》している。教会のご奉公で生活は切り詰め、人だすけ人だすけで病気になっても、己《おのれ》の健康はそっちのけ。これでは滅茶苦茶《めちゃくちゃ》だ。人はみな、自分の家庭を後生大事にしているのに、なんでわが家は好き好《この》んで窮屈《きゅうくつ》な人生を通らねばならん。お父さんでも従姉《いとこ》でも肺結核なのに、医者の治療も満足に受けていない。病気のときは養生もし、化学療法もしてみたらどうかな。このままでは、わが家は行き詰まる」

父「おまえたちの言っていることは分かるが、お母さんは病にとらわれるわが身思案が嫌いなんじゃ。世間並みに安静にし栄養をとり、医者・薬も十分にできさえすれば、何も言うことはないが、うちはそうはいかんのじゃ」

國紀「お父さんは消極的だよ。結核特集を見ても、安静と栄養による療養の原則を守って、新薬のパス・ストマイを併用すれば、グーンと回復が早まっている。不治《ふじ》の病といわれた結核も化学療法の進歩で全治している症例が増えている」

父「そうか、新薬ができて結核も死病ではなくなってきたか。わしもいまだに痰が出るし、胸も痛い。体の具合がひどく悪い。試してみる必要があるかもしれん」

國紀「わしの肋膜炎《ろくまくえん》も化学療法のおかげで治ってきたんや。兄貴も気胸だけでなく、パス・ストマイやってもらえばええ」

敏紀「わしの空洞も変化がなく、進行を抑止されているところをみると、気胸への効果があるかもしれん。だが、おふくろさんのように、医者・薬と言えばすぐ、人間思案ばかりすると言って、いんねんを果たすお金をつぎ込んでばかりいては、いつまでも難儀するばかりや」……

会話を聞きながら黙々と食事をしていた母の様子が変わってきた。いつもは寡黙《かもく》な夫美子だが、ここというとき、これ以上あとに引けぬというときは毅然《きぜん》とした姿勢で臨むのが常だった。

その母がついに口を開いた。

相克

母「あんた方は、医者・薬となると目の色が変わってくる。同じいんねん心だから、すぐ話が合う。人間思案にとらわれ、わが家を肺病の巣にするような話をしていて、どこに親神様の教えが胸に治まっていると言える。私は医薬がいかんと言ったことは一度もない。あんたたち二人は現に治療しているではないか。医者で命が保証されるなら、やってみるがいい。医者・薬にとらわれて、わが身思案に暮れていたら、私は身動きでけんようになるから、神様のご用の苦労で神様に連れて通っていただく。あんたたちは好きなようにやってみるがいい。後悔せんことや」

敏紀「神様神様と言っても、わが家はどこにたすかっている。ちっとも良くなってはいないよ」

母「わが事ばかりにとらわれているいんねん心で何が分かる。私を見よ。別科《べっか》の時、京大病院で絶対安静と言われたけど、医者のお世話にならずにご守護いただいた。私が人だすけをするから、バラバラになる家が、この程度で許してくださっている神様の思惑《おもわく》が分かるまい」

敏紀「なにも信仰が悪いと言っているんではない。病気は養生が大切で、手遅れになったら間に合わんと言っているんだ」

母「まだ分からんことを言っている。いくらおいしいものでも、ご馳走《ちそう》でも身につかねば栄養にはならん。どんな粗末なものでも満足して頂ければ、みな身につく」

父「ええかげんにやめたらどうや。己の健康は己が一番分かっている。自分で大切にしなくて、だれがしてくれる。子の健康は母親が心配してやるのが義務ではないか。子が死んで、なんで人だすけか。医薬も必要とあらば受けることも大切だ。それも神様のご守護だ。無視はできん」

母「あんたたちのどこに神一条の信仰がある。信仰のかけらもないではないか。私だって世間並みの母親と同じに、主人や子に尽くしたい気持ちには変わりない。どうして憎いものか。家庭を大事にしたいと人間思案をして、このいんねん心が渦巻《うずま》く家にどうしていられる。それなら家を出て人だすけするほうが、よほどいいかしれない」

國紀「出る出る言うなら、出て行けばいい。わしたちもどんなに楽になるか。どうせいつも放ったらかしなんだから、もう母親なんぞいなくても馴《な》れているヨ！」

破局というほつれを、繕《つくろ》えるか否かのギリギリのところまで事態は進んでしまった。母は泣き崩れ、父も子も重苦しい空気のなかで、自分の居場所のないのをひしひし感じていた……。

父がなんとか取り繕い、兄弟は自分の部屋に戻っていった。小学校のころから、母は人のにぎわう場所へ出たがらず、入学式、運動会、卒業式など、公《おおやけ》の場には一度だって来てくれたことはなかった。どんなに寂しい思いをしたかしれない。これは事実であっても、もしいま、本当にお母さんがいなくなったらどうしよう。凍えきった部屋の寒さが冬の日本海の荒波のように、不安をどんどん運んでくる。

母と家族の相克《そうこく》は、道の常識と世間の常識とのそれであった。天保《てんぽう》九年（一八三八年）十月二十六日のあの場面を彷彿《ほうふつ》とさせるものがある。いま目の前の思いのたすかりを求める立場と、二十年、三十年先のたすかりを説く立場との〃綱引き〃でもあった。子どもに理解できないのは当然であっただろう。しかし夫美子には、強い信念と確信があったのだ。

母の思い

昭和四年にさかのぼる。夫が盲腸の手遅れから、二人の医師に見放され危篤《きとく》状態に陥った。夫美子のおなかには、五人目の子どもが宿っていた。〃子たちに自分の幼少時代と同じ苦しみを味わわせてはならない〃との思いが、とっさに頭をよぎった。

夫美子は二人姉妹の長女として育った。かつては代々庄屋を務めた名門の家だったが、零落《れいらく》し、おまけに四歳の時に父が死去、母は妹を連れて実家へ帰ってしまった。その後は、叔父が家を取り仕切るようになり、言語に絶するむごい仕打ちを受けて育ったのだった。

「どうか、主人のない命をおたすけください」

夫美子は、決死の願《がん》をかけた。

「その代わり、私とおなかの子どももろとも親神様に捧《ささ》げます。もし命永らえさせていただくなら、着の身着のままで神様のご用で生涯通らせていただきます」……神前でひたすら祈願しつづけた。

願いが聞き届けられたのか、栄は奇跡的に蘇《よみがえ》った。反対に、夫美子は床に伏すことが多くなった。そして、いよいよ別科入学を誓うのであった。

入学した時、すでに子どもは七人あった。國紀が生まれた翌年の九年九月のことだった。五十三期は一万人を超していた。神殿、南礼拝場ができ、初めて十三段の雛型《ひながた》かんろだいが据《す》えられた時期でもあった。多数の胸を患った人たちが、同じ死ぬならおぢばで、との思いで別科に入った。豊田山《とよだやま》の火葬場に煙の立たない日はなかったといわれる。たすかった人も多かったが、亡くなった人も少なくなかったのだ。

夫の身代わりに命を捧げた夫美子だけに、死への不安が常につきまとった。ある時、教師が山﨑家のいんねんを諭してくれた。いわく「あなたの家は男の子が育たん。いま五人いる男の子は全部死ぬる。たすかっても一人であろう。よほど徹底したご恩報じの道を歩まないと悪いんねんは切れない」。このひと言が脳裏を離れない。夫美子はもう必死だった。人並みでは通れん。土持ちひのきしんは、一荷《いっか》は夫のため、一荷は子どものためと、一番最後までつとめ、食事は一杯は夫のため、一杯は子どものためと、自らは少食にして、こちらはだれより早かった。

しかし、それが災いし、休日、京大病院で検査の結果、肺結核、胃腸障害、極度の貧血で絶対安静を言い渡された。栄らが駆けつけたが、ここで引き下がっては悪いんねんは切り替えられぬと心に鞭《むち》打ち、山陰本線でなく天理への電車を選択した。夫と別れる時は、今生《こんじょう》の別れになるかもしれぬとすら思った。

長い六カ月を無事つとめ終えた。遺骨で郷里に戻ることも覚悟していただけに、家族との再会の喜びは大きかった。しばらくは、幸せな日々が続いた。しかし、夫美子の頭から、「五人の男の子が全部短命で終わる」という、あの教師のひと言が離れることはなかった。

昭和十五年四月、激しい腹痛が夫美子を襲った。子宮筋腫《きんしゅ》だった。理の子を育てよとの神意と受けとめ、夫美子は布教所開設を決意した。にもかかわらず、昭和十六年には二男・茂樹《しげき》が小児まひで夭折《ようせつ》、二十年には長男・誠一《せいいち》がビルマで戦死、さらに二年後の二十二年には三男・直樹《なおき》が肺結核で出直した。

来るべき時が来た。やはり、わが家は男が育たないのだろうか。夫美子は、残された二人の男の子の行く末を案じざるを得なかった。ただ「成ってくるのが天の理」、腹を据え親神様にもたれきって、なお真剣に人だすけの道を歩む。わが家のいんねんの切り替えのご恩報じは、まだまだ足りぬと、男の子二人への、とりわけ厳しい態度をとりつづけるわけがそこにあった。

雪解け

昭和二十年代後半からの肺結核との、あるいは母子との対峙《たいじ》も、三十年代になって変化を見せはじめた。好転しだしたのである。四男・敏紀は、術後の経過が医者も驚くほど殊《こと》のほか順調で、再手術は免《まぬか》れた。母は「ぜひともおぢばの学校へ」と専修科を勧め、後継者としての道を歩んだ。

末っ子の國紀のほうも徐々に病から解放されはじめ、三十五年には大学を卒業、大学院へ進んだ。この間、松村喜代子《まつむらきよこ》と結婚。

「親に放ったらかしにされた分、女房がよく尽くしてくれました」

國紀は就職もままならず、入院もあって、喜代子の苦労は絶えなかった。この時、夫美子は喜代子に言った。

「家（十九坪）は、あんたのために買ってあげる。國紀にはやらん。離婚するときは、あんたがもらいんさい。この人は生活能力がない。もし女をつくったら、すぐに追い出しんさい。お金はあるが、信者さんの真実やから、これ上げたら國紀がまた病気になる。あんたには苦労させるが、絶対やれない。その代わり、戦死した長男の遺族年金を送るから。喜代子さんに何もしてやれんが、あんたらの徳分は私がしっかり残しといたげるから」

國紀の処女出版は、講談社現代新書『森《もり》鷗外《おうがい》〈恨〉に生きる』だった。昭和五十一年のこと。不思議な巡り合わせからの〝快挙〟であった。鷗外は同じ石見《いわみ》（津和野《つわの》）の出身。ライフワークのテーマの一つにもなった。この著書は学会誌において、戦後から四〇年代まで、従来にない「鷗外像」を最初に提示したものとして注目され、さらに続いて『横光《よこみつ》利《り》一《いち》論』も刊行。それらの業績が認められ、やがて洛南《らくなん》高校教諭から、いきなり花園大学に教授として迎えられる。

夫美子が晩年愛用した鏡と櫛《くし》

人生の半分をともにした肺結核と別れを告げたのは、十数年前のことだった。

「確かに、人には真実尽くし、私たちには冷たく厳しかった。寂しい思いも人一倍しました。結局おふくろは、自分の子どもは放っといていいんだ、神様が見てくださる。自分は真実一路、人だすけに尽くせばいい。それしかなかったんですね。そのおかげで、神が、神がですよ、その親父とおふくろの徳をもって、私を支えてくれる人々を、ふさわしい場面であてがってくださった。とくに、学問、研究面で貴重な資料を、なぜ私が、と不思議に思うほど入手することがたびたびあった。いま、心から感謝しています。自分で生きてきたのではない、支えられ生かされて生きてきた。この確信は絶対変わるものではありません」

夫美子は晩年、中風《ちゅうぶう》にかかったが、人目にはそうと思わせないほど、端正に気丈《きじょう》に生きた。そして出直す半年前、夫婦そろって京都を訪ねてきた。國紀夫婦は車で比叡山《ひえいざん》から琵琶湖《びわこ》まで回った。初めて親子が心解け合ったひと時だったのかもしれない。

背後の座席から運転する國紀に、身を乗り出して、何度も言った。

「國さんや、良かったなあ、ああ、良かったなあ。國さんや、頭低うしんさいよ。みなさんに支えられてるんじゃからなあ、頭低うしんさいよ」

いまでも、決して忘れられない言葉だという。

黙々と淡々と道ひと筋に
—インタビュー—

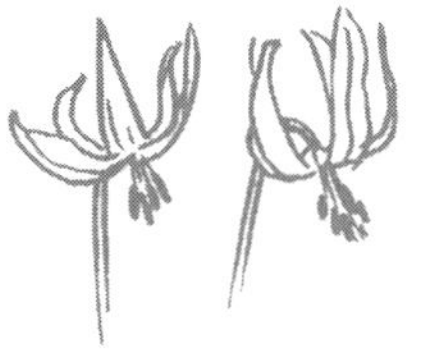

母・杉江《すぎえ》九運《くん》
子・杉江照三《てるみ》　美張《みはり》分教会初代会長

（このインタビューは、平成十四年の七月に行ったもの。照三さんは同年十月十八日に満百歳の誕生日を迎えられた）

オイケの神さん

私の生地は、岐阜県羽島郡《はしまぐん》上羽栗村《かみはぐりむら》（現在は岐南町《ぎなん》）伏屋《ふせや》という所でね。生家は近村に聞こえた素封家《そほうか》でした。村から岐阜市まで四キロあるんですけれども、村の人から「杉江さんところの土地は岐阜市へ続いている」と言われたくらい土地がありましてね。豊かに暮らしておりました。

私は三歳の時、角膜潰瘍《かくまくかいよう》というお手入れを頂いたんです。ある時、熱が出ましてね、目が閉じてしまって、顔が赤くなったそうです。お母《かあ》さんはハシカが出たんだと思って、八畳間を閉め切って鉄瓶《てつびん》二つでお湯を沸《わ》かして、「誰も入っちゃいかんよ」と人を入れなかったんです。そして明くる日に、お母さんが私の目を開けてくださった。そしたら、魚の臓物が腐ったような臭《にお》いがプーンとしたそうです。

その時にお母さんは、鼻から棒で突き刺されたくらいに驚いた。冷やさなあかんのを、反対に、襖《ふすま》を閉めて鉄瓶を二つも沸かして……しまった！　と。

医者の手当てはなおさらのことですけれども、名古屋と岐阜の間の笠松《かさまつ》という所に御嶽教《おんたけきょう》の有名な先生がおりましてね。その先生を、村の人が勧めてくださった。御嶽教は白衣を着て滝に打たれて祈るんですけれども、家の周辺に滝はありませんから、お母さんは井戸からポンプで水をくみ上げて、水垢離《みずごり》をとってお願いをしておった。それでも私は治らなかったそうです。

今度は法華経《ほけきょう》を勧めてくださる小作の人がありまして、一里（四キロ）ほどの道を人力車で百日運びました。けれど、それでも治らない。

困ったなぁと思っていると、うちに女中さんが三人ありまして、そのなかの一人が「私の在所のお父さんが目を患ったけれども治った」と言われました。「どこで治ったのや？」と、お母さんが聞いたら、「岐阜のオイケの神様で治った」と言う。オイケの神様と聞いて、お母さんは、弁天様《べんてんさま》——あれは池のなかに祀《まつ》ってありますから、「弁天様かしら」と。

とにかく弁天様でも何でもいいから、と訪ねてみると、いまは天理教の美納《みのう》分教会といえば部内教会が四十カ所もありますけれども、元は初代会長となられる林とみ先生が一人で信仰してみえたところで、普通の家ですわ。「この奥に池があって、そこに弁天様を祀ってあるのかな」と思っておったそうです。

そうしたら、婦人が出てこられまして、お母さんが「この子をたすけてもらいたい」と言うと、「女というは、水の心にならないけません」と、初対面でいきなりそう言われた。

お母さんは「子どもの目をたすけてもらおうと思ったのに……。それに、裏に池もなくて弁天様でもない。こんなことなら来《こ》んでもよかった」と、そう思って帰ったんです。

そうしましたら、後日のことです。家には大きな囲炉裏《いろり》がありまして、その部屋で夜、お母さんが棚《たな》の上の物を取るのに、電気がありませんから、私にカンテラを持たせていたんですね。ところが、私が立ったまま眠ってしまって、カンテラを囲炉裏の上に落としたんです。火が耿々《こうこう》とおこっているところへ、まさに火に油ですよ。昔からなんの粗相《そそう》もない平和な村に、ぼやを出しまして。しまいには、お寺が鐘《かね》を突くし、提灯《ちょうちん》を持って近在の人が集まってきてね。

ぼやで済みましたけれども、お母さんは「待てよ。天理教の方が初めて会った時に、『女というは水の心にならなあかん』と言っていたが、今度は火。昔から火事などやったことのない村やのに、それを私が……」と、そういうことを悟って、もう一遍《ぺん》、布教所へ行ったんです。そうしましたら、その時に、神様の十全《じゅうぜん》のご守護と八つのほこりを教えてもらった。お母さんはびっくりして、「こんなことは親からも、学校の先生からも聞いたことがない」と。それが入信の動機となりまして、九年間、人力車で日参したんです。その間に、私の目はすっきりご守護を頂きまして、いまは百歳が近いですけれども、眼鏡《めがね》なしでどんな小さな文字でも見えます。

あとで分かったことですが、女中さんが「オイケの神様」と言っていたのは、「お息《いき》の紙《かみ》」のことだったんですね。教祖《おやさま》から「息のさづけ」を頂いておられた先生方が、息をかけられた紙のことです。その方のお父さんは、この紙を貼《は》ってもらって治ったんですね。それを、お母さんが「お池の神様」と勘《かん》違いして、そんなら弁天様だなと、そういう笑い話も残っております。

母の決断

私が十二歳の時に、こういうことがありました。お母さんが半紙に、

「広告　一、家財道具一切競売　○年○月○日　杉江広吉《ひろきち》方」

と書いて、十二、三枚ですか、私が近村へ貼らしてもらったんです。それは、お母さん一人の考えでしたものです。お父さんはというと、五日間、お母さんが岐阜の親戚《しんせき》に用事をこしらえて行ってもらって、その間にお母さんが広告を書いてね……。達筆でしたねぇ。

競売は、一日で終わるつもりだったんですが、三日かかったんです。「さあいくら。さあいくら」と言って、家財道具から仏壇《ぶつだん》から一切、売り払いました。「さすが、杉江さんとこは旧家やなあ。どんだけでも出てくるがね」と、競売の途中で私に言った人がありました。

あとでお父さんから聞きましたが、五日経《た》って岐阜から帰ってきた時に、いつもは平穏《へいおん》な村なのに何か騒がしい。「私の留守中にご不幸でもあったのかなぁ。それとも、ぼやでもあったのかなぁ」と、胸騒ぎがしたそうです。それから家へ帰って、門を入って、玄関を開けて、座敷へ上がってから、「しまった。ご無礼なことをしてしまった。よそ様の家へ上がった」と思った。家のなかがガランドウで、何もありませんから。それから、事の次第が分かって、お母さんを呼んで「どうしたことや?」と。

お父さんも学問を修めて教養のある人でしたから、ぶったり蹴《け》ったりはしません。お母さんを呼んで「いったいどういうことや?」と聞いたら、お母さんは「東京へ行っている娘の布教費にいるで、家財道具を売りました」と。そのころ、娘を布教に出しておったんです。「そんなことをせんでも、いくらでもお金はあるのに、どうしてこんなことをしたんだ。家財道具を売ってしまって、どうすんのや」

お母さんにしてみれば、覚悟を決めて、首を切られても仕方ないと思ってやったことです。それで「実は、蔵にしまってあります」と、一寸逃《いっすんのが》れを言った。「ほんなら、早く蔵へ行ってお金を持ってこい」と言われて、取りに行ったけれども、ありゃせん。

「蔵へ上がる時には、針のむしろを素足で歩くくらいにつらかったで」と、お母さんは、のちに私に言ってくれました。それから一時間くらい蔵にいましたが、だんだん夕闇《ゆうやみ》が迫ってくる。蚊《か》に食われて、おるにおられん。それで、蔵を閉めて、階段を下りる時のつらさ。「申し訳ない。女房のくせに、旦那《だんな》に内緒で家財道具一切を売ってしまった」。良心がとがめているわけです。「上がる時もつらかったが、『なんと言って、お父さんの前に出ようかしらん』と思って……それはつらかったで」と。

それから、お父さんの前へ行って、「申し訳ありませんが、ねずみが持っていってしまったか、どこを捜してもありません」と。お父さんは、おつくしをしたんやなということは分かっているんやけれども、お母さんが言わないもんだから……。

私は後日、その話が出ました時に、「なんで、お父さんに相談してセリをせんのや。そうすれば、お父さんも納得ができたでしょうに」と言いましたら、「いまは、あんたはそんなことを言いなさるけれども、そんなこと言えることやない。言っても承知してくださらせん。お父さんは立腹して、私の首をはねなさる」と。

そのお金は、教祖《おやさま》三十年祭前の本部北礼拝場《らいはいじょう》の普請《ふしん》の時に、そっくりお供えしたんです。いまになって私は、本当にお父さんも偉かった、お母さんもよう尽くしてくださった、ありがたい、と喜んでおります。私など、とてもそんなことをようしません。

父母の葛藤

杉江の家は本当に広い屋敷で、表門が忠臣蔵《ちゅうしんぐら》に出てくる吉良上野介《きらこうずけのすけ》邸のような、ああいう門です。それが天理教になったもんやで、おじさんやおばさん、お母さんの在所とも絶縁になって、だれも付き合いをせんようになった。「天理教になると、ああいうことになってまう。貧乏になってしまう。物を取られてしまう」と。

取られやせんのや。ご本部さんからは、ひと言もそんなことはおっしゃらせんけれども、いんねんを自覚してね……。自らがしたんです。

それには、こういうことがあります。私は照三と言いますが、名前を見て分かりますように、三男なんです。長男は利口な人でね。昔は軍隊へ行くのに、三年の間に星三つ、上等兵になって帰ってくると大したものでした。それを兄さんは、伍長《ごちょう》になって帰ってきた。兵隊から帰ってきて嫁さんが決まりましてね。たんすだとか長持ちだとかが、屋敷《やしき》に来ました。ところが、結婚式の二十日ほど前に肺結核になって、嫁さんの荷物も返してしまった。そして、お金がありましたから、熱海《あたみ》の旅館の部屋を二間《ま》借りて、二年間養生して、それで出直したんです。

その次の兄さんは、愛知県の豊川《とよかわ》というところへ夏に友達と三人で水泳に行って、泳いでいる途中に、アーと言って沈んでしまった。心臓まひだったんです。長男は二十八歳、次の兄さんは十七歳。そういう節《ふし》があったんです。

家を売り払ってからは、私たち家族は行く先がないものですから、しばらく小作人の家にいて、それから美納の教会へ行きました。

お父さんは、食べていけやせんものだから、小間物《こまもの》問屋へ奉公に行ってしまいました。そして、半年くらいして、隣の町へ、月に一円の家賃で八畳ひと間を借りて移り住みました。

それからも転々としていましたが、私が十七、八歳の時、村のある方が家を建ててくださった。「向こうのほうで埋め立てをしておられるが、あれはどなたがお建てになるのかしらん」と思っていたら、お父さんが盛大だった時に助けていた村の方が、見るに見かねて、地所を買

大正十一年ごろの夫・広吉と九運。広吉は同十三年、七十二歳で出直し

って、土を盛って、家を建ててくださった。その家でお父さんは出直されました。

お母さんは、本当に素直に、林とみ先生のお言葉に添って、先生の手足となって、一生懸命にお道を通っておられました。

本当のことを言うと、お父さんとお母さんは、二十年くらいもめておりました。私は十七、八歳のころ、岐阜市の紡績《ぼうせき》工場に勤めておりましたが、ある時、夜中に二階からお母さんがダダダダーと降りてきて、そのあとから、お父さんが立腹してみえてね。私は、お父さんの足をつかまえて、「堪忍《かんにん》してあげてください。堪忍してあげてください」と、訳は分からないけれども、懇願《こんがん》したことを覚えております。

豊かに暮らしていた人が、小間物問屋の帳付《ちょうつ》け、まあ番頭みたいなものになったんで、情けなかったんでしょうね。お母さんが無断でセリにかけたことが、許せなかったんでしょうね。「私に無断で、なんで子どもにこんな苦労をさせるのだ」と、自分のことよりも子どもがかわいそうだったんですね。

けれども、お父さんは普段、子どもの前でお母さんを責めたりすることはなかった。お書きになったものが残っておりますけど、それには、腹が立って腹が立って、お母さんを八つ裂《ざ》きにしても恨《うら》みは果てぬ、というようなことを書いてありました。

ところが、それをよく見ると、お母さんを八つ裂きにして云々《うんぬん》というものの別紙に、「これを読んで、いままでのを全部取り消さなならん」と冒頭に書いてあるものがあるんです。「お母さんは学問もあるし、人さまには親切だし」と誉《ほ》めてね。教祖のひながたみたいだと書いてある。そういうふうだから、「いままでの私の書いたものを全部取り消す」と。そして「あんた方はしっかりと親に孝行してください」と、子どもに頼んでいるんです。お父さんが出直しされてから、それが出てきました。本当は、いい夫婦でしたよ。

ですから、いまでも私は、おつとめのあとに、お父さんとお母さんの写真を飾ってある部屋で、「お父さん、お母さんのおかげです。ありがたいことです」と喜んでおります。

教会設立へ

私が名古屋へ単独布教に出たのは、二十二歳の時です。岐阜から名古屋まで、その時分は汽車で二十八銭《せん》でした。お母さんが、どうしてこしらえてくださったか知らんが、布教で苦労の最中に五十銭を持たせてくださってね。駅まで送ってくださって、入場券の五銭も貴いので、買わずに「ここでお別れする」と言って、改札口で私が汽車に乗って見えなくなるまで手を振ってくださった。

半月は岐阜の上級の教会でつとめて、半月は名古屋で布教をするということになっておりました。私はひげを伸ばすのが嫌でしたから、カミソリ一丁《ちょう》と手ぬぐい一筋、あとは五十銭から名古屋までの汽車賃二十八銭を引いた二十二銭を持って、名古屋駅で十二日間か十三日間か寝ました。

それから、いまは中部日本放送の建物がありますが、あそこは元お寺でしてね。そこの庫裏《くり》をお借りしました。お寺さまが、よく天理教の布教師に貸してくださった。昔は鷹揚《おうよう》でしたね。それから借家へ移りました。六畳と八畳のふた間で、八畳間に神様を祀りました。

私は一人で布教していました。それで、上級のほうから、お嫁さんをもらうことになってね。お母さんは、それまで上級で一生懸命に通ってくださっておったが、「親がある家庭と、親のない家庭と、嫁さんの心持ちが違うで」と言って、結婚の一年くらい前に集談所に来てくださった。それから家内が見えまして、そこで長男（現・二代会長）が生まれました。

当時、家賃は三十円でした。三十円というと、日に一円。いまの一円と違って貴かった。水道代、電気代、ガス代も入れて三十五、六円くらいかかったけれども、ありゃせんでしょう。それは苦労しました。家主さんには申し訳ないけれども、たびたび待ってもらいました。

それから知恵がつきましてね。お金がたまると家主の奥さんのところへ「家賃、遅くなりました」と持っていく。その時、家賃の通帳と家賃を自分のひざの上に置いて、神様のお話をするんです。そうしたら、これを渡すまでは奥さんは立てえへんでね。終わると「遅くなりました」と渡すんです。

そのうちに、子どもさんが授からんということを聞きまして、「宿し込むのも月日なり、生まれ出すのも月日世話取りとおっしゃる。天理教の信仰をしていただくと結構にご守護くださる」とお話しして、神様にお願いしておりました。そうしたら本当に女の子が授かりましてね。それから家賃を一円引いてもらって、二円引いてもらって……しまいには三十円の家賃が十七円になりました。その時の通帳は、記念に取ってあります。

上級へは毎月、徒歩で運んでおりました。昔は、一般教会の月次祭は午後から勤めるところが多く、上級も午後一時からでした。朝四時ごろに起きて、テクテクと歩いていきました。鼻紙だとか、マッチだとか、お灯明《とうみょう》の油を一升《しょう》だとか、信徒さんからそういうもののお供えがあると持っていったり。お米の三升もお供えがあると、美張の神様には麦をお供えして、私もそれを食べて、お供えのお米は上級へ持っていきました。けれども、十里ありますからね。まず一里くらいはええけれども、途中、頭に乗せたり、背負ってみたり。しまいに、道端へ置いていこうかしらと思ったこともありました。そんなふうに、三年余り運びました。

そのうちに、大八車《だいはちぐるま》をお供えしてくださる人があって、それに載《の》せて引いていきました。長男が学校を卒業してからは、自転車をお供えしてくださった。それからオートバイをお供えしてくださった。オートバイの免許も取ってくださった。オートバイの後ろに私を乗せてくださって。うれしかったー。スススーと行けるでしょう。はーっ、うれしかった。いまは車で、もったいない。はー、ありがたい、と思ってね。

教祖四十年祭の前の年に、宣教所になりました。百軒以上の信徒名簿がいりましたでね。いろんな人にも頼んで、それでお許しを頂きました。

孝道

昭和十五年に、おぢばの天理教館で、道友社主催第一回雄弁大会がありました。その時、愛知教務支庁の管内の代表として、私が出ることになりました。

そのころすでに、管内には東愛《とうあい》さんだとか本愛《ほんあい》さんだとか、静岡《しずおか》さんだとか、いまは大教会になっているような、大きな教会がたくさんありました。そのなかで、私は小学校を六年行っただけですよ。大学を出た人もあるのに、それが神様のおかげで、私が出させていただくことになりました。

その前日、私は朝の八時二十分に、名古屋駅で五、六人の信徒さんと落ち合うことになっていました。それで朝の六時に家を出ようと思って心待ちにしておったら、お母さんが「ちょっと来てください」と言って、私を神殿へ呼んで、そして「座布団を持ってきてください」と言うのです。

お母さんが敷くのだと思って、部屋から座布団を持ってきましたら、「神様の前へ座布団を持っていってくれ」と。そして私に、「あんた、そこへ座ってください」と。それで神様のほうへ向いて座りますと、「こちらを向いてください」と。親神様に背中を向けてね。

そうしたらお母さんは、私の前にちゃんと座ってね。「何も親らしいこともせんのに、長年の間ご苦労いただいて、図抜けた親孝行をしていただいて、ありがたい。お礼を申しあげます」。こんなことを言われたんですよ。私は養子でもなんでもない、本当の親子ですよ。それなのに、そんなことを言いなさるので、「お母さんは何を言うんだろう。こっちはなんにもようしないのに」と思ってね。

まだ、ご飯も麦ばっかりでね。ホウレンソウのお供えなんかがあると、普通はお醤油《しょうゆ》をかけるでしょう。それもあらせんので、梅酢《うめず》をかけて、お母さんに出しておった。それでもお母さんは、なんにも言いません。「ごちそうさまでした」と。そういう生活をしておりました。

「お母さんは元々生まれがよかったし、田舎《いなか》ではご馳走《ちそう》を食べてみえた。一遍、白飯でお刺し身でも食べていただいたら、喜びなさるやろうになぁ」と思ってね。昔は刺し身が一皿二十銭でした。それを魚屋の前で、「買おうかなぁ。白米でこの刺し身をお母さんに振る舞ったら、お喜びになるやろうなぁ」と。だけども、それをよう買わなかった。

そんな生活ですのに、神様の前で手をついて、そんなことを言いなさる。

「お母さん、手を上げてください。そんなことない。生活も苦しくて、申し訳ないと思っておるのに」

そのうちに、汽車の発車の時間が迫ってまいりまして、「ご無礼します」と。実の親ですけど、

昭和十五年四月二十五日、出直す半年前の九運（前列中央）。後列右端が照三

そういうあいさつをして別れました。それが末代《まつだい》の別れになった。

その日は、ご本部の秋の大祭の前日で、その夜、私は神苑《しんえん》一帯に立ち上がった堤燈《ちょうちん》を見ながら「美張の堤燈がないかなぁ」と思っておったら、上級の会長さんが「ああ、ここで会えた。これは神様のおかげや。よう会えたなぁ。あんた、何事があっても、びっくりしたらいけんよ」と。「なんですか」と聞いたら、「これをご覧なさい」。

「ハハ、シヌ」の電報。私はびっくりもせえせんでね。「ハアー、それで今朝《けさ》、お母さんは最後の別れをしてくださったんやな」と。会長さんが「あんた、びっくりせえへんのかね」と言うので、「実はこうこうでした」と。

その時もお金がなかったものですから、自動車で夜に帰ることもできなかった。私の姉が東京とか横浜とかに嫁入りしておるので、詰所に寄って「お母さんが出直しました」と伝えて、明くる日に教会へ帰ってきました。

そうしたら留守番の人が言うには、「お医者さんから、『この人は三年前から動脈が切れてしまっておる。言語が不自由で、半身が不自由だったでしょう』と言われました」と。なんにもそんなことはない。ところが、三年前から動脈が切れてしまっとった。それが、ちょっとも分からなんだ。そういう出直しでした。

それが大祭の日で、明くる日が雄弁大会。またおぢばへ引き返しました。お母さんの写真を持ってね。「これから私、演壇に上がりますよ」と、そういう問答をしながら、お話をしました。「孝道」という題でした。

それはええ出直しでした。私はそんなええ出直しはでけやせん。どうもないのに、ちゃんとあいさつをして、その晩にですからね。ええ出直しやなあ、と思ってますね。

をやの思いをアンデスへ

母・八谷《はちや》アキ　リマ教会初代会長
子・大橋《おおはし》ツギコ　薬剤師

南米ペルーに花開いた真実の種

南アメリカ大陸西岸の中央部に位置するペルー。かつてこの国に、一攫千金《いっかくせんきん》を夢見てたくさんの日本人が渡ってきた。そのなかに、天理王命《てんりおうのみこと》の神名を流すべく、神実様《かんざねさま》を捧持《ほうじ》して上陸した一人の女性がいた。その名は、八谷アキ。国民のほとんどがカソリックを信仰するこの地に、一人、コツコツと蒔《ま》きつづけた真実の種は、四十年たったいま、首都リマに天理教リマ教会として見事に花開いている。

「それにしても」

と、アキの二女、大橋ツギコは思う。

「まさか、ここまでになろうとは」

正直なところ、若いころのツギコにとって、天理教の教えは、母が信じる〝異国の道徳のようなもの〟に過ぎなかった。子どものころから、事あるごとに教理を聞かされるのは、わずらわしいものだった。カソリックの国に住み、学校ではキリスト教の教えを習うのに、なぜ、はるか彼方の国の聞いたこともない宗教を学ばねばならないのか。おつとめの手を覚えたのも、母から小言を言われたくないからだった。

それがいまでは、彼女自身の人生にとっても、掛け替えのない拠《よ》り所となっている。

自分の年が母の出直した年に近づくにつれ、頼る者もいないなか、ペルーの大地を懸命に駆けずり回った母の生きざまが、ひしひしと胸に重く迫ってくるのであった。

アキの生い立ち

八谷アキは、一九〇五年（明治三十八年）、佐賀県岩松村松尾《いわまつむらまつお》に西田利三郎《にしだりさぶろう》、ミネの四女、八人兄弟の七番目として誕生した。父・利三郎は、製糸工場を営んでいた。酒、タバコを飲まない真面目な性格だったが、交際好きがたたって、アキが六歳の時に工場は倒産した。

どん底の生活から這《は》い出そうと両親が忙しく働くなか、まだ幼い弟・熊雄《くまお》の子守りはアキの仕事となった。アキは小学校へも、弟を背負って登校した。熊雄が授業中に泣きだすと、廊下に出て窓越しに授業を受けた。

アキは向学心の強い子どもだった。小学校を卒業したら上の学校へ進みたいと、ひそかな願いを胸に抱いていた。それを知った両親は、アキを学校へ通わせることを条件に、酒屋と旅館を営む金持ちの叔母《おば》のところへ養女にやることにした。

ところが、叔母は約束を守らなかった。アキの働きぶりに惚《ほ》れ、給金を出すから旅館で働くようにと命じた。失望して実家へ逃げ帰ったアキから事の次第を聞いた両親は、激怒して、アキを引き取り、苦労して女学校へ通わせた。

卒業後、アキは佐賀市内のある病院に勤め、見習いをしながら、助産師と看護師の免許を取った。

弟・熊雄もアキに似て学問好きだった。早稲田《わせだ》大学を受験し、見事合格。アキも一緒に上京し、小児科医院で看護師をしながら、かわいい弟の苦学を助けた。

ところが、喜びもつかの間、熊雄が肺結核に侵《おか》されてしまった。志《こころざし》半ばで佐賀へ帰ることとなった弟とともに、アキも帰郷。看護師をしながら、熊雄の看病に当たった。

そんなある日、アキが家に帰ると、熊雄の姿がない。母に尋ねると、「天理教の布教師が、教会で預かると言って連れていった」と。

布教師とは、近くにある天理教肥佐賀《ひさが》分教会の会長を務める二宮恵《にのみやめぐむ》という男性だった。アキは事の次第を聞いて憤《いきどお》った。弟はとても歩ける状態ではなく、安静にしなければいけないのに、それを動かすとは！　医学の常識を無視するのもはなはだしい。とはいえ、再び熊雄を動かすこともできず、そのまま教会で世話になることになった。

二宮会長の熊雄への世話どりは真剣そのものだった。懸命な介抱と、おさづけの取り次ぎによって、病状は快方へ向かい、やがて歩けるまでになった。これを機に、西田家は教会に出入りするようになる。

写真結婚

そんな折、アキに結婚話が持ち上がった。家のために働きつづけるうちに、すでに二十六歳になっていた。相手は、ペルー在住の八谷二郎《じろう》という男性で、先にペルーに渡って成功した兄の仕事を手伝っているとのことだった。

当時の日本には、海外へ渡って事業を興し、成功を収めて故郷に凱旋《がいせん》することを夢見る多くの男たちがいた。彼らは一応の成功をみると、文通や見合い写真を通じて、日本から伴侶《はんりょ》を呼び寄せようとした。新婦となる女性側が承諾《しょうだく》すると、新郎の実家に出向いて、新郎の写真と式を挙げた。こうした結婚の仕方から、写真結婚、呼び寄せ婚などと呼ばれた。

アキの故郷でも、どこそこのだれそれが成功したらしい、といううわさがよく聞こえてきた。アキ自身、外国への漠然《ばくぜん》とした憧《あこが》れを持っていた。海の向こうでは女性も大いに尊敬されるという。帽子をかぶり、手袋をはめ、ハンドバッグを提《さ》げて革靴で歩き、寝るのはベッドで、いすに座って足を組むこともできるとか。自分もそうしてみたいと思ったし、異国の人々のものの考え方も知りたかった。それに、ペルーで成功を収めれば実家を援助できる。そのためなら、三、四年くらい辛抱《しんぼう》するのもいいだろう、とも思った。

看護師時代のアキ（右側、昭和２年）

こうして一九三一年（昭和六年）、アキは八谷二郎と写真結婚をし、婚姻届《こんいんとどけ》を提出した。

二宮会長は、アキがペルーに渡ると聞いて、大いに心配した。見知らぬ土地で苦難にぶつかったときのために、アキに心の拠り所を持たせてやりたいと考えた。そこでまずは、アキにおぢば帰りを勧めた。幾度となく足を運ぶ二宮会長の熱意にほだされ、アキはその年初めて、おぢば帰りを果たした。

その目に映ったものは、想像だにしなかった親里の発展ぶりだった。中学校、小学校、幼稚園などが立ち並び、街は見事に整備されている。行き交う人々の朗《ほが》らかな笑顔。アキは、世界中がこのようになったらいいのに、と思った。

次に二宮会長は、アキに別科《べっか》入学を勧めた。しかし、アキは拒んだ。

「ペルーはカソリックの国ですよ。天理教なんて信仰する人はいませんよ」

断られても、二宮会長は西田家へ通いつづけ、そのたびに「行きなさい」「いいえ、行きません」の問答が繰り返された。

ある時、アキは教会に泊まり、熊雄と布団《ふとん》を並べて参拝場で休んだ。夜中にふと目が覚めると、神前に白いハトがいる。朝になって、熊雄にそのことを話すと、「きっと、神様の使いだ。神様の言うとおりしろということだよ」と、答えが返ってきた。

そんな不思議な出来事も手伝って、二宮の熱意に根負けしたアキは、別科第四七期に入学した。詰所での生活は、看護師ということで、病人の世話を任された。朝はおかゆを作って食べさせ、排便の始末をしてから登校し、下校時は走って帰って世話どりをした。そのなかで、いくつもの不思議なご守護を目の当たりにし、アキの信仰心は深まっていった。

翌年一月、アキはおさづけの理を拝戴《はいたい》した。別科を終え、生まれ変わったアキに、二宮は「アキさん、あなたはペルーにお嫁に行くのではない。おたすけに行くのですよ」と、はなむけの言葉を贈った。

十一月初旬《しょじゅん》、アキは二郎の兄、儀市《ぎいち》に伴われ、横浜港から平洋丸《へいようまる》でペルーに向けて出帆《しゅっぱん》した。桜色の着物に花鳥《かちょう》模様の銀の帯、銀糸入りの紅白の草履《ぞうり》と、できる限り着飾った。髪は丸髷《まるまげ》に結い、唇《くちびる》には着物に合わせた桜色の紅《べに》を差した。持ち物は、皮製のトランク一つと、蓋《ふた》付きの籠《かご》が三つ。トランクのなかには、お社《やしろ》とお供え用の小皿が入れられていた。

佐賀から横浜へ向かう途中、アキはおぢばに立ち寄り、別科に在学中の母・ミネに面会した。さよならは言わず、「では、また」と言って別れた。

二郎の失踪

ペルーまでの船旅は、お世辞にも快適といえるものではなかった。アキはひどく船酔いをし、食べ物は喉《のど》を通らなかった。船内には、アキと同じように写真結婚でペルーに渡る女性がたくさんいたが、彼女たちも似たような様子だった。あまりのつらさにくじけそうになるときは、故郷の家族や二宮会長のことを思い出し、親神様にひたすら祈った。

平洋丸はアメリカやパナマに寄港しながら、四十二日目にようやくペルーに到着。首都リマにほど近い、カリャオの港に錨《いかり》を降ろした。

アキは、まだ見ぬ夫に好印象を与えようと、できる限りの身支度をして、船を下りた。ほかの花嫁たちが夫と対面するなか、アキは必死に二郎を探したが、姿はなかった。代わりに、二郎のもう一人の兄がいて、二郎は商用で急に来られなくなったと告げた。しかし、ほどなくして、実は二郎が、結婚相手が二歳年上の教養のある女性と聞いて逃げ出したこと、現地の女性と生活していることが分かった。

アキは失望した。ほかの花嫁たちはみな喜びの対面を果たしているというのに、なぜ自分だけがこんな目に遭《あ》うのか。あまりの惨《みじ》めさに、いっそこのまま死んでしまいたいとさえ思った。しかし、そこでアキの気持ちを支えたのが、日本をたつ前の二宮会長の言葉だった。

「お嫁に行くのではなく、おたすけに行くのですよ」――そうだ。私はペルーにおたすけに来たのだった。こうなったのも、私のいんねんのなせるわざ。かくなるうえは、私の連れ合いは教祖《おやさま》だ。これからは、教祖とずっと一緒――。

無理にでも別科を勧めてくれた二宮会長に、心から感謝した。

のちにアキは、このころのことを、こう述懐している。

「毎日欠かさず行った朝夕のおつとめに救われた」

アキは儀市の家に身を寄せた。子守《こもり》や仕事を手伝う傍《かたわ》ら、にをいがけに歩いた。そうして四カ月ほど経《た》ったある日、街でばったり二郎と出会った。実は二郎は、アキがにをいがけをした人から、「とてもいい人だから、一度会ってみたほうがいいよ」と言われて会いに来たのだった。実際に対面してみて、二人は互いに好感を持った。

その後、儀市一家とアキは、アンデス山脈の高地にあるコンセプシオンという町へ移り、当時大流行した米の焼き菓子「コンフィテ」の製造販売を始めた。アキは儀市の仕事を手伝う一方、助産師として働きはじめた。妊婦に、かしもの・かりものの教えを説き、おさづけを取り次ぐので、他人のことを真剣に心配してくれる助産師さんと評判が立った。

二郎と再会したアキは、最初の出会いから二カ月ほどして結婚した。その後、コンセプシオンから南へ少し下ったワンカーヨに居を構え、兄と同じ米菓子製造販売の仕事を始めた。

二人は早朝から深夜まで懸命に働いたが、この町には同業者が多く、競争は激しかった。家賃の支払いも容易ではなく、米菓子の残りを食事に当てた。生活は極度に苦しくなったが、アキは頼まれてお産に立ち会ったり、おさづけを取り次いだりして自ら心を勇ませた。

そんななか、一九三四年（昭和九年）、長女・ハツミが誕生した。出産までの間、アキは平素と変わることなく働いた。そして、夫に手伝ってもらい、わが子を自分たちの手で取り上げた。産前と産後には、をびや許しの御供《ごく》の代わりに、お供えして下げた洗米を頂いた。親神様にもたれきったアキに出産の不安は少しもなかったが、二郎は妻の行動に恐れ入ってしまった。

二人はその後、新たな米菓子の市場を求めて、アンデスの高地の町を転々とした。その際の引っ越しの荷物は、神実様とお供え用の皿のほかには、米菓子製造機、衣類用のカバン二つ、鍋《なべ》一つ、フライパン一つ、やかん一つ、皿二、三枚、そして箸《はし》だけだった。アキはこの荷物について、しばしばこう語っていたという。

「布教に行くには、これで十分。これくらいが最高」

タルマのおたすけ

一家はやがて、タルマという町に落ち着いた。この町は四方を切り立った崖《がけ》に囲まれた峡谷《きょうこく》の底にあり、土地が肥沃《ひよく》でさまざまな種類の野菜が取れた。崖の断面には古い時代の地層がむき出しになった所があり、太陽の光が当たると、層に含まれた鉱物が、この世のものとは思えぬ美しい光を放った。

ここに移り住んだのは、日本へ引き揚げるので店を譲るという人の好意を受け入れたからだった。

ところが一カ月ほどして、先方から、帰国しなくなったので店を返してほしいと求められた。二郎は怒り、日本人会に連絡して渡り合うと息巻いた。

アキは思案に暮れた。相手方には三人の子どもがいる。路頭に迷えば困るだろう。自分たちが出ていけば、事は収まる。そう考えて、二郎の説得にかかった。

「私たちお道の者は、ハイハイと這《は》い上がる道を教えられています。ここは私たちが『ハイ』と言って出ていきましょう」

二郎は、目をむいて怒鳴《どな》った。

「だから、天理教は嫌いだ。相手のことばかり思って、俺《おれ》たちはどうなるんだ！」

結局、二郎が折れて、二人は店を明け渡した。その後、二郎はほかの日本人が経営する呉服屋で働いた。

ところが、それから二カ月後、先方の夫人がアキにおたすけを頼みに来た。

「末の子どもの具合が悪く、医者にも見離されました。どうか、たすけてください」

アキの脳裏を先日の一件がよぎったが、とにかく先方の家を訪ねた。そこには、やせ細り、骨と皮ばかりになって、キイキイと力なく鳴いている赤ん坊がいた。〝こんな病人、たすかるだろうか〟。アキは一瞬、弱気になった。しかし、これまで目の当たりにしてきた不思議なたすけを思い出し、気を取り直した。

〝子どもには、なんの罪もない。もし、自分が二郎と巡り合っていなかったら、いまごろ、この子と同じようになっていたかもしれない。これは、私のいんねんを見せられているのだ。親神様、無理なお願いでしょうが、どうかこの子を一昼夜のうちにおたすけください〟

おぢばの方角を向いてそう念じ、おさづけを取り次いだ。翌日、不思議にも子どもの熱は下がり、快方に向かっていった。

それから間もなく、今度は先方の長男の足が悪くなり、医者から手術しなければならないと告げられた。しかし、これもアキのおたすけで鮮やかにご守護いただいた。

この二つの出来事のあと、先方の主人がやって来た。

「これまでのことは私が悪かった。どうか、店を使ってください」

思いがけない事の成り行きに、アキは人知の及ばぬ親神様の働きを感じた。

店は町の四つ角《かど》にあって、酒類、穀類、調味料などを販売する雑貨屋だった。二郎とアキは、そのまま雑貨屋を続けたが、面白いほど儲《もう》かった。二人のお客の扱いが良かったので、いつも店はお客であふれていた。

それまでは、町に住む日本人のなかで、二郎とアキはその貧乏さゆえに、ほとんど相手にされていなかった。ところが突然、幸運に見舞われた二人を見て、「天理教の話を聞かせてくれ」と訪ねてくる人も現れた。

忍び寄る暗い影

店はますます繁盛した。とくに日曜・祭日になると、近郊の集落の人たちでごった返した。彼らはタルマで野菜を売り、二郎の店で日用品を買って、村へ帰るのだった。二郎は彼らと意思の疎通を図るために、ケチュア語を勉強して流暢《りゅうちょう》に話したので重宝がられた。

順風満帆《じゅんぷうまんぱん》に見えた八谷家だったが、どうした親神様の思召《おぼしめし》か、暗い影が忍び寄ってきた。

二人は使用人を雇い、家事やハツミの世話を任せていた。そのため、ハツミの様子がおかしいことにすぐには気づかなかった。医者に診《み》せたときには肺炎を起こし、手遅れになっていた。必死の祈りもむなしく、二日後、ハツミはあっけなく出直した。

アキは自分を責めた。ハツミは生まれつき病弱だった。店を繁盛させようと欲張らず、一カ所に住居を構えて穏《おだ》やかに暮らしていたら、ハツミは死なずに済んだかもしれない。ハツミを失った悲しみは、二人目の子どもを妊娠するまで少しも癒《い》えることはなかった。

一九三六年、二女・ツギコが誕生した。スペイン語名は、「ビクトリア」と名づけられた。アキは、今回は子育てを他人任せにしなかった。いつも背中におぶって店に出た。ツギコが座れるようになると、トウモロコシの空き箱に座らせて接客した。ツギコは艶《つや》のある黒髪をして、いつもちょこんとおとなしく座っていたので、たちまち店の人気者となった。

ツギコに続いて、二年ごとに、三女・ケイコ、長男・マサユキを授かった。しかし、二人とも病気で夭折《ようせつ》した。

世の中の雲行きも怪しくなってきた。第二次世界大戦が勃発《ぼっぱつ》し、日本人は「敵性国民」と見なされ、日本人の経営する店舗で強奪事件が起こった。間もなく、多くの日本人がブラックリストに載《の》せられ、日本へ送還された。八谷一家は幸い、その憂《う》き目に遭わずに済んだが、店は失った。

アキはある日の夜中、母の夢を見て飛び起きた。母はアキの名前を必死に呼んでいた。アキはその日付を紙に記して、お社《やしろ》の後ろに置いておいた。

戦争が終わって日本との国交が再開してのち、まさにその日のその時刻に、母がアキの名前を呼びながら死を迎えていたことが、故郷からの手紙で分かった。

ツギコ「母はこのことを、本当に残念に思っていたようです。自分の折々の生活状況を祖母に知らせてやれなかったので、死ぬまで心配をかけた親不孝は、悔やんでも悔やみきれなかったようです。そのため、よく思い出しては泣いたそうです。結局、この苦しみが母の他人に対する奉仕や、ひのきしんの励みになっていったと思います」

一九四五年、第二次世界大戦がようやく終わると、タルマ在住の日本人家族十五軒は、それぞれ店を再開した。アキは数年前から裁縫《さいほう》の仕事を始めていた。仕事ぶりが好評で、一人で賄《まかな》いきれないほど注文が殺到したので、価格を上げて仕事の量を減らそうとしたが、かえって評判を呼び、余計に忙しくなった。二郎はアキの仕事場の隣に、時計店を開いた。

その三年前の一九四二年、二人の間に二男・ミノルが誕生していた。さらに一九四九年、ツギコが中学校へ上がる年には、三男・マヌエル（現・リマ教会長）を授かった。マヌエルは、まるでおもちゃのように、みんなからかわいがられた。

八谷家、リマへ

こうした戦中戦後の苦労のなかも、アキのおたすけ精神に曇《くも》りはなかった。手帳には、おたすけにかかっている人の名前が数百人分記されていた。病人を自宅に引き取り、面倒を見ることもしばしばだった。子どもたちは、それがごく当たり前のこととして育った。

しかし、母の説く天理教の教えは理解できなかった。学校ではキリスト教の教育が必須で、周囲はみなカソリックを信仰しているのに、なぜ見知らぬ国の宗教を学ばなければならないのか、ツギコやミノルは理解に苦しんだ。

その後、ツギコは首都リマのミゲルグラウ中学に編入、一九五五年にはサン・マルコス大学の薬学部に進んだので、これを機に、一家はリマへ引っ越すことになった。

リマは地図上では熱帯圏に当たるが、すぐそばを南極からのフンボルト海流が流れ、東に五千メートル級のアンデスの山々がそびえるため、年間を通して温暖な気候に恵まれる〝常春《とこはる》〟の街。その中心部にあるエル・ポルベニール公園の近くに一家はアパートを借り、二郎は時計店を開いた。

アキは二郎の店の宣伝費を稼《かせ》ぐために、裁縫の仕事を請け負《うお》った。ところが、客から預かった布地を手にすると、手が落ちてしまうのではないかと思うほど痛んだ。どうしても治まらないので、仕方なく客に詫《わ》びて布地を返した。すると、その人が店を出た途端、それまでの痛みが嘘《うそ》のように消えうせた。

アキはとっさに直感した。

〝これは、おたすけに励めという親神様からのお知らせにちがいない〟

即座にその心を定め、二郎に打ち明けた。これまで幾度となく、不思議なたすけを目の当りにしてきた二郎は、アキの思いを受け入れた。

その日から、アキはエル・ポルベニール公園周辺の日系人の家族や、自宅周辺のペルー人へのにをいがけに時間を費やすようになった。

ツギコ「このころの自宅は、病院か保養所さながらでした。母は、病気の人にできる限りのお世話をしたいと考え、多くの人々を自宅に引き取ったのです。しばらくして、たすかった人たちの口を通してうわさが広がり、たくさんの人々とのつながりができました。そして、そのなかから熱心な信者さんや布教師となる方が生まれていったのです」

こうしてアキが導いた人々のなかには、元ペルー大統領の母、藤森《ふじもり》ムツエさんの姿もあった。

道一条への神の急き込み

八谷一家への親神様の手引きは、それだけで終わらなかった。一九五九年一月、一家の将来を左右する一大事が起こった。

以前住んでいたタルマの町の友人一家から、当時十一歳のマヌエルを休暇中遊びに寄越《よこ》さないかと招待された。マヌエルは早速、大喜びでタルマへ出かけた。そして、ある家の誕生会に招かれ、風呂《ふろ》に入り、かき氷を食べたところ、高地での急激な体温の変化が災いしたのか、突発的に肺炎となった。

連絡を受けたアキは驚き、ツギコとともに車でタルマへ急いだ。通常六時間かかる道のりを四時間で到着した。

マヌエルは友人の家族らに見守られていた。高熱で意識はなく、肩で呼吸をしていた。医者の説明によると「抗生物質が効いて六時間以内に熱が下がらないと、たすかる見込みはない」とのことだった。

アキは必死におさづけを取り次いだが、数時間経ってもマヌエルの容体に変化はない。マヌエルのことを聞きつけた町の人々は、口々に容体を尋ねた。

事ここに及んで、アキは一大決心をした。

「親神様、私は将来、道一条になる決心をしました。寿命も十年お供えしますので、何とぞマヌエルをおたすけください。願いを聞き入れていただいたならば、この子は終生、お道のご用に使っていただきます」

そう念じて、おさづけを取り次いだ。すると突然、マヌエルは意識を取り戻し、目を開いた。

「お母さん、いつ来たの？　ぼくはお母さんを待っていたんだ」

周囲の者は一人残らず、ワッと泣き出した。次の日、タルマの町中にこのニュースが流れ、人々はみな、わが事のように喜んだ。

アキは、親神様との約束を果たすべく、早速その足でワンカーヨの町へ布教に赴《おもむ》いた。ところがどうした偶然か、アキが十四年前にお産で取り上げた男の子が、マヌエルと同じ症状で生死の境をさまよっていると聞いた。

アキはおさづけを取り次がせてもらおうと家を訪ねたが、ちょうど救急車で病院へ運ばれるところだった。病院でも集中治療室に入れられ、立ち入りは許されなかった。仕方なく、アキは遠くから男の子の回復を祈った。しかし翌日、その子は出直した。

この二人の少年の生と死は、ツギコにも大きなショックを与えた。当時、二十四歳で薬剤師の資格取得を目前にしていた彼女は、何事にも自信に満ちあふれた女性だった。自分の人生は自分の力で切り開くものであり、その力が備わっていると自負していた。母が説く天理教の教えは、道徳の本に載《の》っている類《たぐい》のただの教訓話で、弱い者がすがるのだと、心のなかで切り捨ててきた。

しかし、同じ肺炎でありながら、かわいい弟はたすかり、もう一人の男の子は救われなかった。人の命のはかなさを感じるとともに、母の祈りと心定めによってマヌエルがたすかった事実に、心を揺さぶられた。自負心は崩れ落ち、心は千々《ちぢ》に乱れ、涙が込み上げた。母の信じる教えは、正真正銘《しょうしんしょうめい》の神様の教えであると認めざるを得なかった。

この事件を契機に、アキの信仰に対する家族の理解も深まっていった。一九六〇年三月、二郎は家族に勧められるままおぢば帰りを果たし、修養科、教会長資格検定講習会へと進んだ。

教会設立の機運

アキは、日々のおたすけにいっそう、力を注ぐようになった。病院を訪ね歩き、友人知人を通じて病気の人を探し、自転車で方々を駆けずり回った。その姿は、辺りではすっかり有名になり、道行く人や車の運転手も、敬意を表して道を譲《ゆず》ってくれた。

また、小さいときからにをいがけに慣れるようにと、いつもマヌエルを連れていった。

やがて、おぢばから二郎が帰ってきた。将来の教会設立のためにと、教服、鳴物、神具などをたくさん持ち帰ったが、アキが何よりもうれしかったのは、二郎の心が生まれ変わったことだった。二郎は、なんとしてもこの地に教えを広めたいという気概に満ちあふれていた。こうして、夫婦の足並みが初めてそろった。

それから二年後の一九六三年、アキは教会設立のお許しを戴《いただ》くべく、三十二年ぶりに日本へ渡った。二宮会長をはじめ、故郷の懐《なつ》かしい人々と再会を果たし、四月二十六日には、本部教祖殿でリマ教会設立のお運びに臨んだ。そして五月初旬、二宮会長とともに、お目標《めどう》様を捧持して、ペルーへ戻った。

五月の第二日曜日、この日はペルーの天理教信者にとって記念すべき日となった。二郎の時計店の一室で、初めて鳴物を入れて十二下りのてをどりが勤められたのだ。教会設立を目指して、おてふりや鳴物の練習を積み重ねてきた人々の顔は、だれもが喜びに輝いていた。二宮会長はその後三カ月間、ペルーに滞在し、人々の丹精に力を注いだ。

それから間もなく、教会の普請《ふしん》が始まり、二年後に完成。名実ともに、ペルーの地に、初の天理教の教会が姿を現した。

専修科に通うマヌエルに送った写真（昭和44年）

教会の活動の様子は、邦字新聞『ペルー新報』の日本語版とスペイン語版の両方で、たびたび報じられた。その記事を介して、ペルーに渡航する以前からお道を信仰していた人々が、リマ教会に集うようになった。

母の思いはアンデスを駆ける

一九七六年、教祖九十年祭には、世界各国から大勢の人々がおぢばに帰った。ペルーからは、政情不安で経済的に困窮《こんきゅう》しているなか、家を売るなどして渡航費用を捻出《ねんしゅつ》し、十七人が帰参した。そのなかには、ツギコの姿もあった。

一行は、およそ二十時間の空路を経て羽田《はねだ》国際空港に到着、国内線に乗り換え、伊丹《いたみ》空港に着いた。飛行場では、二宮会長が、いまかいまかと気をもみながらツギコたちの到着を待っていた。再会を喜び合ったあと、一行はバスで天理へ向かった。

一行のほとんどが、初めて目にするおぢば。礼拝場では、みな幾分緊張した面持ちで、かんろだいに向かって端座した。そろって拍手《かしわで》を打ち、深々と頭《こうべ》を垂れた。

ツギコは、母の胎内に吸い込まれていくような感覚に襲われた。目からは涙があふれ、胸の鼓動は高まり、泣き出したい気持ちがこみ上げてきた。

〝ああ、帰ってきてよかった〟

その思いが、胸いっぱいに広がった。


ペルーの首都としてリマが発展していくとともに、地方都市からも多くの人々が流入するようになった。アキがかつてにをいを掛けたアンデスの高地の町に住む人々も、リマに出てきて定住するようになった。これらの人々を加え、リマ教会はさらに発展していった。

ミノルは、二郎の跡を継いで時計店を営み、アキを経済面で支えた。

マヌエルはそれまでに、おぢばで天理大学別科日本語選科、天理教校専修科に学び、ペルーに戻って、アキの手足となっていた。

アキは十人の孫を授かり、幸せな日々を送っていた。

一九七八年、アキの胸にがんが見つかった。病状が決して思わしくないことを、本人は悟っていた。アキは二宮会長の勧めに従って、おぢばの天理よろづ相談所病院「憩の家《いこいのいえ》」に入院することにした。そこで、二郎に同伴を頼んだ。二郎は、いままで誠心誠意尽くしてくれた妻の恩に報いる時が来たと感じた。

ツギコ「飛行場での別れの折、あとで思えば、母はもう二度とペルーに帰ってくることはないと感じていたのでしょう。言葉にこそ出しませんでしたが、自分の役割はもう終わったんだと言わんばかりの雰囲気を漂わせていました。しかし、その顔は満足げでした」

「憩の家」での入院生活はおよそ半年に及んだ。ペルーでは、アキの日本行きを残念に思っていた教え子たちが、早く良くなって帰ってきてくれるようにと祈りながら、いつも泣いていた。しかし、アキの体は、日に日に衰弱していった。

アキにとってこの上ない喜びは、生涯の心の支えとしてきた教祖のおそばで過ごせることだった。アキは親神様にすべてをお任せしていた。

二郎はいつもアキのそばにいて、なんとか喜ばせようと心を砕《くだ》いた。ある時には、季節外れのイチゴを求めて街を駆け巡った。

一九七八年十二月三日、子や孫をはじめ、リマ教会に繋《つな》がる教友たちの必死の願いもむなしく、アキはこの世を去った。二郎に見守られながら、痛がることもなく安らかに出直した。
ツギコ「母が出直した時、私たちは、なぜこんなことになるのだろうと、自問自答しました。母のように、親神様、教祖ひと筋の人が病気をたすけてもらえないとしたら、信仰し、人間的な成長を目指すことに、どんな意味があるのだろうかと。しかしその時、『節《ふし》から芽が出る』という教祖のお言葉が、身に迫ってきたのです。母の生前、私たちはみな、何をするにも母に頼りきっていました。親神様は、母の出直しを通して、私たちの成人を促されたのだと思います」

それから二十五年が経った現在、アキの死後間もなく二代会長に就任したマヌエルが、母の遺志を継いで、にをいがけ・おたすけに励んでいる。

ツギコはというと、マヌエルを助けるべく、日本の古い友人との文通を通じて、教理の勉強を続けている。いま、ペルーでは、まったく日本語の分からない日系二世、三世に、どう信仰を伝えるかが大きな課題となっている。そこで求められるのが、ペルー人の心によりしっくりくる教えの翻訳、つまりペルー人によるペルー人のための教えの翻訳だ。

おそらく、自分がそれをなし遂《と》げることはできないだろう。しかし、後進のために少しでも道をつけることができたならば、母の恩に報いることになると、ツギコは思うのだ。

はるか見知らぬアンデスの地に御教《み》えを伝えようと、一人、海を渡った八谷アキ。その思いは、いまもこうして人々の胸に生きつづけている。

「子があればこそ、おたすけに励まにゃならん」

母・吉福《よしふく》ヤス　西鎮《さいちん》分教会三代会長
子・吉福晃遠《あきと》　西鎮分教会四代会長
吉福明親《あきちか》　鎮勇《ちんゆう》分教会三代会長
吉福道夫《みちお》　濃飛《のうひ》分教会四代会長
池田《いけだ》修《おさむ》　山手《やまて》分教会三代会長

（本稿は、『みちのとも』昭和35年5月号掲載の晃遠氏へのインタビュー記事「先達に訊《き》く」〈第15回〉、および平成10年に行った明親・道夫・修各氏へのインタビューをもとに構成した）

貧のどん底の家族写真

「西鎮の教会が、まだ八幡《やはた》の通町《とおりまち》八丁目にあって、支教会だったころの話です。私はまだ、中学生でした。夏に虫干しするのに大掃除をしているとき、一枚の赤茶《あかちゃ》けた写真が出てきました。父と母と、長姉・照代《てるよ》、長兄・晃遠、二兄・明親の五人の家族写真で、明治の終わりか大正の初めに撮《と》ったものでした。

父は口ひげをたくわえ、浴衣《ゆかた》を着て、うちわであおいでいる。母は麦わら帽子の内職をしている。そばに長兄と長姉と二兄が座って、浴衣を着て写っているんです。ああ、当時の一家団らんの様子だなと思って母に聞いたら、『これは、もう道一条通って一番どん底の生活、これより貧乏することはないやろう、だから記念に写真撮っておこうと、お父さんが写真屋さんを呼んだのや』と。この写真、残念ながら、いまはもうないのですが、これが父と母の信仰の一番最初の印象として、私の頭に残っているんです」（五男・吉福道夫・濃飛分教会四代会長）

氏の父母である吉福米太郎《よねたろう》（西鎮分教会二代会長）、ヤス（同三代会長）夫妻は、今日、部内教会三十八カ所を有する同教会の礎《いしずえ》を築いた生え抜きの布教師だった。

殊《こと》に母・ヤスは、そのおたすけぶりから晩年、本部神殿おたすけ掛を拝命、月刊誌『陽気』に連載され、のちに単行本となった『颪すさぶ彼方《かなた》』（いずれも養徳社刊）などによって、その勇名を教内に馳《は》せた。生涯に十四人の子を授かるが、その半数が夭折《ようせつ》。荒道をたすけひと筋に歩むなか、その心の底にあったのは、「子どもに家の悪いんねんを継がせてはならない」という母としての強い思いだった。

吉福家の入信

吉福米太郎はもともと、北九州の八幡（現・北九州市の一部）で製餡業《せいあんぎょう》を営む商人だった。製餡業とは文字どおり、饅頭《まんじゅう》などのあんこを作って卸《おろ》す商売のことである。夫妻は明治三十七年、長崎県佐世保《させぼ》からこの地に移り住み、店を興した。

八幡には、前年に八幡製鉄所（現・新日本製鉄株式会社）が創業を始め、門司《もじ》、小倉《こくら》、戸畑《とばた》、若松《わかまつ》とともに北九州工業地帯の中心地として発展しつつあった。この一帯に製餡業を営む者がいないことに目をつけた米太郎の読みは当たり、店は四、五人の使用人を雇わねばならぬほど繁盛した。

米太郎はヤスに店を一切手伝わせなかったので、ヤスは翌年に生まれた長女・照代の育児の傍《かたわ》ら、芝居見物などを楽しむ毎日を過ごしていた。ところが同四十年、にわかに脳の芯《しん》まで達するほどの激しい歯痛に見舞われた。

近くの医者にかかったものの、痛みは一時的にしか治まらず、憂悶《ゆうもん》の日を過ごした。そこににをいが掛かり、北川惣十郎《きたがわそうじゅうろう》という布教師のおたすけで、すっきりご守護いただだいた。

早速、北川の集談所へお礼に行ったヤスは、北川が話す「親ガニが横に這《は》えば、子ガニも横に這う。人間も同じこと。すべていんねん」という言葉が心に深く残った。

ヤスは明治二十二年、元・佐賀藩士の野口兵一《のぐちへいいち》とキヨの三男五女の末娘として出生した。父は村総代を務めていたが、水飢饉《みずききん》による隣村との争いの責任を負って拘留《こうりゅう》され、四十六歳で獄中死。母は残された八人の子を苦労して育て、やがて長男と暮らしたが、嫁との仲が折り合わず、幸薄《さち》いまま五十歳でこの世を去った。

母の身の上は自分にも起こり得る。そして、わが子にも――このいんねんを、なんとしても切ってもらいたいというのが、ヤスの入信の動機だった。

米太郎が信仰に目覚めたのは、ヤスが長男・晃遠を身ごもったときのことだった。ヤスはひどいつわりに見舞われ、やがて命が危ぶまれるほどの容体となった。それを聞きつけた北川は、吉福家に駆けつけると、米太郎に向かってこう言った。

「生まれる前から親を苦しめる、ひどいつわりは親不孝です。これは、あなたの親不孝のいんねんを見せられているのですよ」

吉福家は佐世保で挽割麦商《ひきわりむぎ》を営む裕福な家だった。しかし、米太郎の父・新六《しんろく》は妻に恵まれず、米太郎は二歳のときに生母・ノシと死別。間もなく来た後妻になついたが、彼女も米太郎が十七歳のときに産後の患いで出直した。

三度目の義母が同い年の使用人であったため、米太郎は父に猛烈に反抗して、家財を傾けるほど放蕩《ほうとう》した。見かねた叔父《おじ》に説得され、分家として再出発。ヤスと結婚したあと、父に散財した金を返したい一心で八幡へ出てきたのだった。

この親不孝のいんねんと、妻を幾度も失わねばならないいんねんを北川の話から悟り、別席を運ぶために一路おぢばへ向かったのが、米太郎の入信の発端であった。

ヤスは、夫がおぢばへ向かった二日後には、すっきりご守護いただいた。米太郎はおぢばから戻ると、商売を忘れて布教に没頭。やがて店を畳《たた》み、一家で道一条の生活に飛び込んだ。冒頭の話題の写真は、このころのものであった。

ヤス、四人の子を連れ単独布教に

米太郎が布教に明け暮れる一方、ヤスは内職に精を出して家計を支えた。しかし、四十四年におさづけの理を拝戴《はいたい》して以後は、「同じ苦労するなら、おたすけで苦労したい」との気持ちが芽生えはじめる。そして大正三年、念願かなって、四人の幼子を連れて単独布教に出た。

布教の地は、周防灘《すおうなだ》沿いの農村、福岡県築上郡椎田《ちくじょうぐんしいだ》町と決まった。ヤスはおしめを包んだ風《ふ》呂敷《ろしき》片手に生後五カ月の日出男《ひでお》を背負い、照代（十歳）、晃遠（六歳）、明親（四歳）の三人を連れて旅立った。

椎田に着いたときは、すでに夕闇《ゆうやみ》が迫っていた。お宮のお堂に一夜の仮の宿を求めようと町を歩き回ったものの、どこにあるのか皆目、見当もつかなかった。歩き疲れて親子五人、桑畑《くわばたけ》沿いの畦道《あぜみち》の端にたたずんでいるところへ通りかかったのが、村上《むらかみ》という畳屋だった。村上は、

現在の椎田駅

あまりに幼い子どもたちに情けをかけ、自宅二階のワラ置き場を、ワラの収穫が始まるまでとの約束でヤスに提供してくれた。

　こうして始まった単独布教だが、にをいはなかなか掛からなかった。椎田は、天理教に対して風当たりの強い村だった。

「私は四歳でしたが、親の通った道中を多少とも理解していたように覚えております。親の布教の苦労を思い、子ども心にも親に言われることを素直に受けて、共々に苦労をさせていただいたことが、いまなお記憶に残っております。

　日々食べるものもろくにないなかでございました。母は、自分は食べなくても、子ども三人のためにと、朝から晩まで布教に出かけ、そうして、食事のご守護を頂くために、夜遅くまで布教に出ていたことが、い

まも私の頭から離れません」（二男・吉福明親・鎮勇分教会三代会長）

「物置小屋に三カ月いたのですが、明親を背負って母が布教から帰ってくると、姉と私は空腹を通り越して眠くなり、ポカンと口を開けて眠りこけているのです。自分はいんねんを悟って布教に出たものの、何も知らぬ私たち子どもに、こんな苦労をかけて申し訳ないと、私たちの寝姿を見て、また母は外に飛び出したのです。『私一人だったら、疲れたから、もう寝ようと小屋に転がったかもしれないが、口を開けて雀《すずめ》の子のように寝ている子どもがあればこそ、懸命になれたのです』と、母はよく人さまに申していました」（長男・吉福晃遠・西鎮分教会四代会長）

ひと月ほどしたころ、大学病院で見放された胃がんの男性のおたすけにかかり、鮮やかにご守護いただいた。以後、あちらこちらから病人を紹介されるようになった。

ヤスはおたすけした人々に、おつくしの話をすることはなかった。たすかっていただければそれでいい、それが道の布教師だと信じていた。そんなふうだから、いつも食べるものに事欠いた。わずかなお礼を頂けば、それで麦かイモを買い、畑で野菜くずを拾ったり、海辺でカニを採ったりして食事にあてた。

おたすけ先で食事を勧められることもあったが、物置小屋で待つ子どもらのことを思うと、手をつけることはできなかった。村人たちには、街からやって来たヤスに田舎料理は口に合わないのだと誤解された。それでもヤスは、自分の身の上について語ることはしなかった。

全身不随をご守護いただいた高橋《たかはし》ユミや、米田《よねだ》シナら初期の信者が、ヤスの置かれた状況を知ったのは、十月末のことだった。「なぜ、早《は》よう言うてくれなんだのです」。ユミは食糧やお供えを携え、村人の目を忍んで、ヤスのもとを訪れると、こう言って涙した。

やがて、稲の刈り入れが始まった。ヤスと子どもたちは、信者らの世話取りで、四十坪《つぼ》ほどのあばら家に移った。ワラ屋根は腐って半分ほど落ちており、夜になるとそこから星が見えた。

晃遠「父が初めてこの家に来て、あまりのボロ家に驚いて、忠臣蔵《ちゅうしんぐら》屋敷と命名したというのです。というのも、夜が来れば大星《おおぼし》（大石）、風が吹けば由良之助《ゆらのすけ》（内蔵助《くらのすけ》）という訳です。雨の漏《も》らないのは奥の六畳間だけでした。それでもワラ小屋からみれば天国です。夏には天井《てんじょう》からヘビが落ちてくるので驚きましたが、それも、のちには慣れました」

やがて、不思議なおたすけが相次ぎ、ヤスは徐々に村人たちの信頼を得るようになっていく。その一方で、反対も激しくなった。

晃遠「母のおたすけがあがるにつれて、神官、お寺、医者の反対が烈《はげ》しくなり、宇留津《うるづ》の八幡神社の神官から呼びつけられたり、夜になると村の青年たちが投石するし、朝、戸をあけると表から廊下あたりまで糞《くそ》を垂《た》れているというありさまでした。私など、盆踊りを見にいくと川に投げこまれたり、村の道など歩けたものでなく、よく、ほかの子どもたちは親に連れられてお寺詣《まい》りして楽しそうです。ですから、母も皆に好かれるお寺さんを信仰したらよいのに、人の嫌う天理教にどうしてなったのだろうと、いぶかしく思ったものでした」

晃遠「小学校に上がっても、裸足《はだし》か草履《ぞうり》で、破れた帽子をもらってかぶっていましたが、父が来て新しい帽子と下駄《げた》を買ってくれたのがうれしくて。ところが、その学校の帰り、神官の子どもたち三人が、帽子を取って投げ、私を海のなかに放りこみましてね。やっと這《は》い上り、泣く泣く家に帰ると、姉が濡《ぬ》れた着物を干してくれるのですが、別に着替えもないので、乾くまでの間、破れフトンにくるまっていました。物悲しくなりましたよ。学用品はおろか、飲まず食わずの生活で、明親の次に生まれた日出男など、食べ物がないので、落ちてくる壁土《かべつち》を手掴《てづか》みで食べて、口は土だらけというありさまでした」

椎田へ来て三年目に、村に新任の巡査がやって来た。ある日、巡査は戸籍調べに訪れた。神《かみ》棚《だな》を見つけると、ジッと見つめたまま、そこから目を離さない。前任の巡査に何かと難癖《なんくせ》をつけられていたので、ヤスは思わず身を縮めた。

「私の母も門司で天理教を信仰しています。しっかりやってください。私も時々お参りさせてもらいますよ」

当時、村長、小学校長、巡査といえば村の名士だった。巡査がお参りするというので、それからは村人の反対が止まった。

天下晴れて布教できるようになり、信者らの間に教会設置の機運が盛り上がってきた。準備万端整い、あとは出願を待つだけというときに、上級からヤスに西鎮に戻るよう命が下った。細井庫太郎《ほそいくらたろう》所長夫妻が上級の東神田《ひがしかんだ》支教会（現・大教会、大阪府東大阪市）に住み込むことになったので、人手が足りないとのことだった。こうしてヤスの初めての単独布教は幕を閉じた。

再度、単独布教に

西鎮に戻ったヤスは、三年ぶりに家族七人そろった日々を過ごす。それもつかの間、細井所長夫妻が西鎮に戻ることになり、再び単独布教の命を受ける。しかし、それは三年の歳月をかけた椎田ではなく、戸畑という八幡近くの工業地であった。

子どもでも少しはひのきしんができるだろうと、晃遠と明親は西鎮に残し、照代、日出男、豊《ゆたか》の三人を連れて、ヤスは戸畑へ出かけた。この戸畑での布教時代に、五男・道夫、六男・修（山手分教会三代会長）、七男・教人《のりと》（のち夭折）が生まれた。

小学生の晃遠と明親にとって、母と離れての住み込み生活は厳しく、つらいものだった。掃除、風呂焚《た》き、ノコクズ挽《ひ》き、水汲《く》みなどの日課もさることながら、育ち盛りの二人にとっては、空腹が一番こたえた。

晃遠「当時の西鎮では布教に出る者は丸麦《まるむぎ》、留守番の私と明親、それに炊事係のお婆《ばあ》さんの三人は、麦のお粥《かゆ》。おかずなんかなく、ゴマ塩はぜいたくというので米塩がおかずです。三年生のとき、貯水池まで遠足がありました。遠足の弁当くらい白米かと思うと、丸麦のご飯に米塩です。情けなくなり、その日は西鎮には帰らず、いつの間にか母が布教している戸畑に足が向いていていました。

母は私が来たのでびっくりしてましたが、温かい麦飯とイワシをご馳走《ちそう》してくれ、『もう少し辛抱《しんぼう》してくれや』と途中まで送ってくれました」

戸畑の道は急速に伸び、一年もすると祭日には庭まで人が埋まるほどになった。やがて「名称の理を頂いては」との声が掛かり、大正九年四月、米太郎を所長として、東亜《とうあ》宣教所が誕生した。

それから三年後の大正十二年、細井所長が中風《ちゅうぶう》で倒れた。同年八月、増野道興《ますのみちおき》・敷島大教会長の命により、西鎮は支教会に昇格し、米太郎が支教会長を務めることになった。

　この動きに伴い、椎田と東亜宣教所の丹精は、ヤスが一手に引き受けることになった。五、六日おきに戸畑と椎田を行き来し、信者の丹精とにをいがけに歩いた。次々と不思議なご守護が現れ、同年、椎田の地に八津田《やつだ》宣教所を出願、ヤスが所長となった。

　時は、来る教祖《おやさま》四十年祭に向けた教勢倍加運動の真っただ中だった。八津田宣教所の設立に前後して、西鎮部内には、筑幡《ちくはた》、山手《やまて》、西本《さいほん》、修多羅《すたら》、鎮東《ちんとう》、日之出《ひので》、前田《まえだ》という七つの宣教所が誕生した。これはかねがね、並の信仰では悪いんねんを切り替えてはいただけないと、「倍の報恩」を信条としていた米太郎が、並が「倍加」なら倍の倍と、それまで二カ所の名称を一気に八カ所に増やした、信仰信念の賜《たまもの》であった。

愛し子たちとの別れ

　道が伸びる喜びの一方で、身を引き裂かれる悲しみがヤスに幾たびも訪れた。相次ぐ子どもの出直しである。大正十三年から三年続けて、三人の子どもを出産後まもなく亡くした。そして昭和六年には、椎田時代から頼みとしてきた長女・照代が、産後の患いで床に就いた。
道夫「私たちの小さいときは、照代姉さんがわれわれの親代わりになって育ててくれたわけです。学校から帰ってきても母は布教に出ていて家にいないし、たまに帰ってきても、どなたか信者さんがおられて、『いま、神様のお話してるから、あっち行きなさい』と言われるわけでね。だから結局、私たちは照代姉さんに育てられたようなものです」

照代は日に日に弱っていった。神様は何を求めておられるのか——必死に神意を探るなかで、ヤスがふと思い当たったのが、中国大陸へ布教に出ている理の子どもたちのことだった。米太郎は早くから海外布教を志し、釜山《ぷさん》、ソウル、興南《こうなん》、奉天《ほうてん》、安東《あんとう》、新京《しんきょう》、ハルビン、牡丹江《ぼたんこう》にそれぞれ布教師を送っていた。しかし、布教に出したきり、まったく丹精していなかった。

米太郎の了解を得るとヤスは早速、布教師たちの激励に大陸へと旅立った。ヤスの行く先々で、布教師たちは勇み立った。心を新たにして、将来の希望を語ってくれた。みんなが勇んでくれればくれるだけ、ヤスには照代の身上《みじょう》をご守護いただいているように思えた。

しかし、期待を胸に四十五日ぶりに西鎮へ戻ったヤスが見たものは、憔悴《しょうすい》しきった照代の姿だった。やせこけた頬《ほお》、虫の息。照代のうつろな視線と目を合わせた瞬間、ヤスの信仰に対する自信が揺らいだ。

翌日、米太郎と話をしているときに、熊本で布教している堤《つつみ》夫妻から手紙が届いた。夫婦して身上にお手入れを頂いているうえ、祖母まで伏せってしまったので、おたすけに来てほしい

とのことだった。米太郎は、ヤスにすぐ熊本へ行くよう命じた。ヤスが照代のことを思って躊《ちゅう》躇《ちょ》していると、

「おたすけ人が、わが子に構ってどうするか！」

と、割れんばかりの声で怒鳴《どな》った。

ヤスは急いで身支度《みじたく》を整えると、照代の部屋に行って別れを告げた。これで最後かもしれないと思い、手をギュッと握り締めた。

熊本の集談所に行ってみると、堤夫妻と祖母がそろって枕《まくら》を並べていた。ヤスは一人ひとりにおさづけと、お話を取り次いだ。途中、ヤス宛《あ》てに電報が届いた。「テルヨキトクスグカエレ『ヨシフク』」。危篤《きとく》とあるが、死んだに違いない。死んだと打てないから危篤にしたのだろうと思った。ヤスは電報を懐《ふところ》に押し込んで、夜中の十二時まで話を続けた。

午前一時の汽車に乗り、朝の七時に八幡に着いた。住み込み青年が二人、ホームに迎えに来ていた。

「お嬢さんが虫の息で、お母さんはまだ帰らないの、と言っています！」

その言葉を聞くや、ヤスは人目もはばからず駆け出した。教会に着くと、玄関を上がって廊下伝いに照代の部屋へ飛び込んだ。

「しっかりしろ！」

米太郎が照代の肩を揺さぶって叫んでいる。ヤスは慌《あわ》てて、照代の腕を取った。体はすでに冷たく、息はなかった。

道夫「母は姉の亡骸《なきがら》を見て、頭をなでて、『親不孝者や……今度生まれてくるときは、親を見送ってから……』と。そう言うのを、私は横で聞いていて、なんとも言えませんでした。あとになって、こかん様を亡くされた教祖のひながたを通ったのだなと思いました。けれど、そのときは分からん。

大正十三、十四、十五年と弟妹が亡くなって、そしてまた姉が亡くなって、弟の教人、豊という私のすぐ上の兄が、その後も次から次へと亡くなっていくわけですよ。それであるとき、つい、『なんで、うちの信仰というのは、次から次へと兄弟が出直していくんや。こんななかに、どんな信仰の喜びがあるか』と、母に食ってかかりました。そうしたら、母はただじっと、なんとも言えないで、私の顔を眺《なが》めるだけ。まあ、あとで、そのひとつの心情というものが分かったんですけれども。そのときは、母は何も言わなかった」

享年《きょうねん》二十七歳。最初の単独布教から、文字どおり苦楽を共にしてきた照代の死を一番悼《いた》んだのは、ヤス自身だった。間もなく、ヤスは床に伏せった。

道夫「姉が亡くなったとき、やっぱり気落ちしたんですね。母は戸畑にある井上病院に入院しました。けれども、姉のことがショックで、だんだん衰えていくわけです。

そのときの身上というのは、肝臓の病気でした。日に日に衰えていくものですから、ある日、父が見舞いに来た。自分で炊いた小豆《あずき》のおかゆとオカラを持ってね。そして、それを母の枕元に差し出したわけです。そうしたら母は涙をこぼして、それを押し戴《いただ》いた。

あんこ屋をやっていたもんだから、道一条になってから道具やら何やらみな売ってしまったけれど、小豆だけは残っておったわけです。だから、道一条になった最初のころ、毎日の食事は小豆。朝も昼も夜も小豆というわけです。『おまえは、このお道に出していただいた元一日を忘れてるんじゃないか?』という父の思いが母の心に通じて、それが喉《のど》を通って、それっきり快方に向かったのです」

再び立ち上がったヤスは、理に徹しきった米太郎会長を支え、にをいがけ・おたすけに奔走する。そして、その後も西鎮の道は着実に伸びていった。

布教と子育ての狭間で

子どもを常にそばに抱えながらのヤスの八面六臂《はちめんろっぴ》の活躍は、まさに超人的といえる。しかし、そんなヤスでも、布教の初期には、おたすけと子育ての板ばさみのなかで、取り返しのつかぬ状況の一歩手前までいったこともあった。そのことを後年、修に告白している。

修「私は生まれたときから、右手が不自由でした。親からは、幼いころ牛乳ビンのなかに手を突っ込んで抜けなかったから、こうなったんや、と言われておりました。

この手では鉄棒もできませんから、小学校では体操の時間は見学でした。運動会になりますと救護係ということで、テントのなかで、ケガをした人にヨードチンキをつけてやるというような役であったわけです。

中学校時代は戦争中ですから、教練がありましたが、これも見学でした。三八式《さんぱち》の銃を持って『捧《ささ》げ銃《つつ》』っていうのをやるんですが、銃が上がらんのです。銃器庫の前で、友達がやっているのを、じっと見ておりました。そうして昭和十二年に卒業いたしまして、西鎮で青年づとめをしながら、ぶらぶらしていました。

忘れもしません。ちょうど十九歳の昭和十三年一月二十日でございます。父の晩酌《ばんしゃく》の相手をしながら、酒の肴《さかな》じゃないですけれども、懇々とお仕込みいただいておりました。そのとき、母は風邪《かぜ》を引いて奥の八畳の間で休んでいたのですが、やってまいりまして、父に『あなたは酒飲んで子どもに説教するから、子どもは〝また酒で酔狂《すいきょう》切ってる〟と思って、せっかくのいい話も聞いてもらえんでしょう。きょうはひとつ、私に言わせてください』と、それから私のいんねんについて話してくれたわけです」

その話とは、兄・道夫の出生にかかわりがあった。

修「母が一番初めに、椎田へ単独布教に行ったときは、子どもを四人連れておりました。その苦労というのは大変だった。だから、二度目の戸畑への布教のときには、もうこれ以上子どもを産むと布教がにぶるというので、兄がおなかにいるときに堕《お》ろす薬を飲んだというのです。飲んだあとで、ハッとして、神様から授かった命に申し訳なかった、というので、それからいっそうおたすけに励んだ。だから、道夫が出産するときには、まともな顔で生まれてこないんじゃないかと心配したと言うんですね。ところが、生まれてきた子どもが実に立派だったので、それを見て、『えらい心遣いをしたもんや。布教の道中に子どもを堕ろそうなんていう心遣いは、もう金輪際《こんりんざい》しません』と、心ひそかに誓った。母は非常に大きな喜びを感じ、励みとなって布教に専念したそうです。

そして、その次に生まれてきたのが私なんですね。心定めは兄のときにしたけれども、理は私の手に見せられたというわけです。この話を、十九歳の一月二十日にしてくれました。

私は、右の手を着物の袂《たもと》に隠す癖《くせ》があるんです。私は習慣づいてるから無意識にするのです

昭和二十三年、還暦の祝いで子や孫に囲まれて

が、父母はそれが気になるのです。『また、人前で手を隠してるな』と。そのうえ、働きに出るでもなく、教会でのらりくらりしている。『お父さんはそのことを厳しく言うけれども、おまえの将来についてどうしたらいいだろうかと、いつもお母さんと話しておったんや』と母は言うわけです。このとき、父は便所のほうに行って、男泣きに泣いておりました。

それまでの私は、父の仕込みを受け入れることができませんでした。そこに、母がおおらかに抱き込んで、右手の不自由な理由を話してくれた。それで私は自覚して、よし、ひとつ道を通ろうと思ったわけです。

この日が、私の入信の日なのです。生まれたのが教会ですから、すでに入信しているようなものですが、それは自覚のないものです。母からだんだんと私の右手のいんねんについて仕込んでもらったこの日が、本当の意味での私の入信の日だと思っています。

母は後年、『子どもがおって布教ができんとか言うとるけど、そうじゃない』と。自分は一時そういう心遣いをしたけれども、『私はたくさんの子どもが与わったから、死に物狂いで布教ができた。いまどきの人は子どもが足手まといになって布教できんと言うけれども、それはウソや。子どもがおればおるほど、おたすけに熱心に行かせてもらわないけん』と、西鎮の会長になりましたときに、入り込みの女子青年や婦人の方々によく話をしておりましたのを、聞かしてもらったことがあります」

すべては子を思う親の心から

西鎮は昭和十四年、支教会から分教会に昇格した。しかし、それから間もなく、米太郎が病のため出直した。三代会長にはヤスが就任し、晃遠に交代するまでの九年間、西鎮の牽引車《けんいんしゃ》として走りつづけた。

ヤスはその後、二十七年に、本部神殿おたすけ掛を拝命。四十二年までの十五年間を務め上げた。

西鎮分教会の自室でくつろぐ晩年のヤス

そして、翌四十三年十二月一日、三代真柱継承奉告祭への帰参を終えてひと月余りのち、西鎮分教会の自室で老衰のため息を引き取った。享年八十歳。子や孫たちが皆、お道にしっかりと繋《つな》がった姿を見届けての最期だった。

修「母は丑年《うしどし》で、実に我慢強いといったらおかしいですけれども、私たちはあまり叱《しか》られたことがありませんでした。一方、父は非常に厳しかった。部内の会長さん方や信者さんにでも厳しく仕込んで、時には杯《さかずき》が飛んだりして、『天理教やめてしまえ！』と言うようなこともありました。そんなとき、母は裏から回って、その方が出てくるのを待って、『会長さんはああは言うけれども、こういう心があるんですよ』と言うて、心なだめさしていただいてね。それで繋がっていった信者さんもあると思いますね。

うちの兄弟のなかで、親から『道を通れ』と言われたから通った者は、一人もおらんと思います。親は『道を通れ』とは、ひと言も言っておりません。けれども、将来になってくると皆、通らざるを得ないというのではなく、通ろうという心になっていったと思うんです。それには、父の仕込みだけでなくして、母の無言の感化があったと思います。ふだんの会話のなかで、自然に訓化されていったんじゃないかと思うんです。そういうところが、母の仕込みにはありました」

明親「私たちは、親とともに飲まず食わずの道を通らせていただきました。けれども、子ども心にも親を恨《うら》んだとか、苦しかったとか感じたことはなかったです。というのも、母が道の信仰を始めてからの苦労は、すべてがわれわれ子どものためにしてくれたことだと思うからです。吉福家・野口家のいんねんを、かわいい子どもに継がせたくないという、その一途《いちず》な親心から、両親がたすけ一条のご用につとめてくださった。それを親神様がお受け取りくだって、西鎮という大きなご守護を頂き、両家のいんねんの道を通らずに、今日に及んでいる。その親の恩というものが、身に染《し》みておるわけであります」

あとがき

本書は、明治・大正・昭和初期に生まれた道の母親の姿を、その子どもによる手記、および編集部による取材を通して浮き彫りにしようと企画・編集したものです。

公募による応募総数は六十編。うち三十編と、編集部から依頼した八編を前編「母のぬくもり編」として、さらに、編集部の取材・書きおろしによる七話を後編「母の重み編」として、一冊にまとめました。ご協力いただいた方々には、心よりお礼申し上げます。

編集作業を進めるなか、図らずも、全編に共通する一つの祈りが浮かびあがってきました。それは「わが子に、家のいんねんを継がせてはならない」という切なる母の願いでした。わが身はさておき、わが子、わが孫の行く末の幸福を願うその姿は、「道と言うたら末代と言う」（おさしづ　明治34年1月19日）とお教えいただくところの、〃末代かけてのたすかり〃を目指した信仰者の歩みでもあります。本書をお読みいただき、そのことを少しでも感じ取っていただけたなら、これに勝る喜びはありません。

平成十五年五月

編者

母讃歌《かあさんのうた》

平成15年(2003年) 7月 1 日　初版第1刷発行

編　者　天理教道友社

発行所　天理教道友社
〒632-8686　奈良県天理市三島町271
電話　0743(62)5388
振替　00900-7-10367

TENRIKYO DOYUSHA

印刷所　株式会社天理時報社
〒632-0083　奈良県天理市稲葉町80

ISBN 4-8073-0482-8
定価はカバーに表示